천외천의 주인 8

2021년 2월 5일 초판 1쇄 인쇄
2021년 2월 10일 초판 1쇄 발행

지은이 한수오
발행인 이종주

총괄 김정수
경영지원 배진경 임혜솔 송지유

기획 팀 이기헌 왕소현 박경무 강민구
책임 편집 오영란

발행처 (주)로크미디어
출판등록 2003년 3월 24일
주소 서울시 마포구 성암로 330 DMC첨단산업센터 3층 318호, 319호
Tel (02)3273-5135 **편집** 070-7863-8596 **Fax** (02)3273-5134
홈페이지 rokmedia.com **E-mail** rokmedia@empas.com

값 8,000원

ISBN 979-11-354-9395-9 (8권)
ISBN 979-11-354-8621-0 04810 (세트)

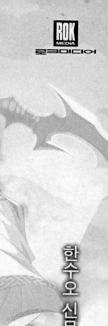

ROK
MEDIA
로크미디어

한수오 신무협 장편소설

8

천외천의 주인

| 와호잠룡臥虎潛龍 |

차례

후기지수後起之秀 (1)

"다름이 아니라······!"

대도회의 객청이었다.

서상이 정신을 수습하며 말문을 연 것은 양의가 사전에 내린 지시에 따라 시비 하나가 차를 내왔을 때였다.

"사람을 하나 찾고 있소."

"······어떤 사람을······?"

"이름은 설무백, 나이는 약관 남짓이고, 여기 난주에 살고 있는 무림인이오."

"······!"

양의의 안색이 살짝 변했다.

약간의 놀람이나 당황으로 볼 수 있는 감정의 변화였는데,

집중하지 않고 있었다면 쉽게 발견하지 못할 정도로 미미한 감정의 기복이었다.

의도적으로 내색을 삼가는 느낌.

서상은 그런 양의의 변화를 놓치지 않았다.

'알고 있다!'

틀림없었다.

북련에서 그가 가진 보직은 무공보다도 사람의 감정을 읽는 데 특화되어 있었다.

그리고 그동안 그가 그쪽 방면으로 쌓은 경력도 절대 무시할 수 없었다.

서상의 머리가 빠르게 돌아갔다.

양의가 아는 자라면 일단 삼류파락호는 아니라는 뜻이고, 알면서도 이리 내색을 삼가며 숨기려 한다는 것은 그들이 매우 긴밀한 관계라는 의미였다.

그는 최대한 자신의 감정을 억누른 채 양의의 기색을 예리하게 살피며 말했다.

"내가 직접 알아볼 수도 있는 일이나, 아무래도 여기 난주는 회주의 무대가 아니겠소. 부디 협조 좀 부탁하겠소."

양의가 이상하다는 듯 고개를 갸웃하며 물었다.

"정말 그분이 누군지 모르십니까?"

서상은 당황했다.

적잖게 놀랍기도 했다.

이건 아무리 봐도 당연히 알고 있어야 한다는 투의 질문이
요, 태도였다.

게다가 예상치 못하게도 그자라는 호칭을 그분으로 바꾸어
서 묻고 있었다.

'왜……?'

서상은 가늠할 수 없는 의혹을 절로 일그러지는 미간으로
드러내며 물었다.

"당연히 내가 알고 있어야 한다는 것처럼 들리는구려."

양의가 당연하다는 듯이 고개를 끄덕였다.

"예, 적어도 제가 알기로는 그렇습니다. 북련의 요직에 있는
어른이 그분을 모른다니, 저로서는 정말 납득하기 어렵군요."

서상은 멋쩍게 웃었다.

"어쨌거나 일이 쉬워졌구려. 내가 왜 그자를 알고 있어야 하
는지는 몰라도 회주는 그자를 잘 알고 있다는 소리니 말이오."

양의가 냉담해진 기색으로 지적했다.

"저는 분명 그분이라고 했습니다만?"

서상은 대번에 얼굴의 웃음기를 지우며 적잖게 불쾌해진
인상을 드러냈다.

"회주가 자꾸 나를 놀라게 하는구려. 그러니까, 뭐요? 나도
그렇게 존칭을 쓰라는 거요?"

양의가 망설이지 않고 대답했다.

"그래 주면 고맙겠습니다."

서상은 어안이 벙벙했다.

정말 생각지도 못 한 상황이라 대체 이건 뭔가 싶어 화도
나지 않았다.

호의로 가득했던 양의의 얼굴이 거짓말처럼 차갑게 식어
버린 상태라 더욱 그랬다.

'감히 나를, 북련의 핵심 중 하나로 꼽히는 포교원의 단주
인 이 금산판 서상을 적대할 정도로 그자가 중하다는 건가?'

의문이 점점 분노로 변해 갔으나 서상은 새삼 감정을 억눌
렀다.

생각 같아서는 당장에 칼을 뽑아서 양의의 목을 베어 버리
고 싶었으나, 설무백이라는 자가 이 정도 인물이라면 더욱더
일을 망칠 수 없었다.

설무백이라는 자의 위상이 높을수록 임무를 완수한 그의
평가도 높아질 것이기 때문이다.

그는 애써 불쾌한 감정을 누르며 물었다.

"그래서 대체 그분이 누구라는 거요?"

양의가 이제 더는 고분고분하지 않은 태도로 변해서 반문
했다.

"누구의 지시로 그분의 뒷조사를 하는 겁니까?"

서상은 본의 아니게 불쾌한 감정을 드러낸 눈빛으로 양의
를 노려보았다.

"왜 이게 뒷조사라고 생각하는 거요?"

양의가 당연하다는 듯이 대답했다.

"당연히 그분에 대해서 알 만한 사람이 그분을 전혀 모르고 있으니까 그렇죠."

"대체 왜 내가 당연히 그분을 알아야 한다고 생각하는 거요?"

"본인이 그것까지 서 단주님에게 알려 드릴 이유는 없을 것 같습니다만?"

서상은 울컥했다.

머리끝까지 치밀어 오르는 화를 간신히 참아 냈으나, 말투까지는 어쩔 수 없었다.

"그래서 뭔가? 알 만한 사람이 모르고 있으니, 알려 줄 수 없다는 건가?"

양의가 어깨를 으쓱이며 태연하게 대답했다.

"제대로 보셨습니다. 알 만한 사람이 모르고 있다는 건 그만한 이유가 있다는 뜻일 테니, 나서기가 싫군요."

서상은 불타는 시선으로 이제 더 이상 참을 수 없는 분노를 드러냈다.

"지금 감히 나와, 아니 북련과 척을 지겠다는 건가?"

"서 단주님에게 협조하지 않는 것이 북련과 척지는 일이라고 생각되지는 않습니다만, 사실이 그렇다고 해도 어쩔 수 없지요."

양의는 태연하게 웃으며 인정하고는 보란 듯이 자리를 털고 일어났다.

"그럼 이제 더는 제게 용무가 없는 거겠지요?"

축객령이었다.

서상은 분노해서 발작적으로 일어났다.

의식하지 않았음에도 불구하고 그의 손이 절로 허리에 찬 칼자루를 잡아가고 있었다.

그러나 그는 끝내 칼을 뽑지는 않았다.

뽑지 못했다.

뽑을 수 없었다.

분노가 한계를 넘어 싸늘해진 기분 속에서도 절대로 이번 일을 망치면 안 된다는 생각이 그를 지배했다.

그는 슬쩍 대동한 두 명의 향주를 보았다.

다행히 그들도 이번 일이 얼마나 중요한지 아는 듯 그저 그의 눈치만 보고 있었다.

그는 은연중에 눈짓해서 그들을 물러나게 했다.

그리고 애써 살기를 죽이고 찬바람이 휘날리도록 매섭게 돌아서며 경고했다.

"틀림없이 오늘 일을 후회하게 될 거다! 부디 그때 가서 나를 원망하지 않기를 바란다!"

양의가 밖으로 나가는 그를 향해 말했다.

"혹시 몰라서 말씀드립니다만, 다른 어디를 가서도 같은 실수는 반복하지 마시길 바랍니다. 그분입니다."

그러나 서상은 그의 말을 제대로 듣지 못했다.

극도의 분노를 억누르며 신경질적으로 발걸음을 내딛느라 그의 말을 제대로 들을 수 없었던 것이다.

그런 상황을 아는지 모르는지, 그의 기척이 사라지기 무섭게 양의는 자리에 털썩 주저앉아 이마에 맺힌 진땀을 닦았다.

애써 내색은 삼갔으나, 북련의 단주를 상대하는 일은 그에게 쉬운 일이 아니었다.

쉽기는커녕 극도의 긴장감을 선사하는 매우 어려운 일이었다.

"휴우, 뭐가 저리 빡빡해."

그때 문이 열리며 밖에서 대기하고 있던 총관 장금산이 허겁지겁 안으로 들어서며 걱정했다.

"저 친구, 저거 엄청 독이 올랐던데, 저대로 보내도 괜찮겠습니까?"

양의는 새삼 이마의 진땀을 소매로 닦으며 말했다.

"내가 다른 건 몰라도 주제는 알아. 내 역할은 여기까지! 그러니 어서 서둘러 다른 친구들과 풍잔에 알리기나 해!"

"절 어떻게 보시고……! 저도 제 주제와 역할은 충분히 알고 있는 사람입니다!"

정색하며 대꾸한 장금산이 이내 히죽 웃으며 덧붙였다.

"벌써 처리했죠, 흐흐흐……!"

대도회를 나선 서상은 곧장 대로로 나와서 식식거리며 발걸음을 서두르고 있었다.

백사방을 향해서였다.

'이럴 줄 알았으면……!'

애초에 백사방으로 갈 것을 그랬다.

괜히 백사방의 형편을 봐준답시고 보다 먼 대도회를 방문했다가 대체 이게 무슨 꼴사나운 망신이란 말인가.

'두고 보자, 이놈!'

서상은 내심 되바라지게 건방을 떨던 양의의 모습을 떠올리며 이를 갈았다.

이번 일만 무사히, 즉, 남모르게 조용히 끝내고 나면 무슨 수를 쓰더라도 놈의 멱을 따 버릴 생각이었다.

북련의 단주인 그의 손에는 알게 모르게 휘두를 수 있는 그 정도의 권력은 쥐어져 있었으니까.

'기필코 후회하게 만들어 주마!'

그러나 아무래도 이번 일은 서상의 기대대로 조용히 끝날 수 있을 것 같지 않았다.

내친김에 부랴부랴 찾아가서 만난 백사방의 방주 작도수 이칠의 반응이 그런 전조를 보였다.

"죄송하지만, 그 부탁은 제가 들어드리지 못할 것 같습니다.”

정중하지만, 단호한 거절이었다.

서상은 못내 당황한 기색을 감추지 못하고 삐딱한 눈길로 쳐다보며 따졌다.

“그 말인 즉, 설무백이라는 자가 누군지는 알지만, 내게 알려 줄 수는 없다는 뜻으로 들리오만?”

이칠이 주저하지 않고 수긍했다.

“예, 그런 겁니다.”

서상은 싸늘해져서 물었다.

“왜요? 어째서 이러는 것이오?”

이칠이 냉담하게 대답했다.

“알 만하신 분이 모르고 있으니, 알려 드리기가 두려워서 그렇습니다.”

서상은 분노에 겨워 싸늘한 눈초리로 이칠을 노려보았다.

자연히 말이 거칠게 나갔다.

“지금 장난하나? 고작 그따위 이유로 우리 북련과 척을 지겠다는 건가?”

이칠이 태연하게 대꾸했다.

“무리하지 마십시오. 그런 협박은 저를 너무 무시하는 처사이십니다.”

“뭐, 뭐라고?”

서상은 한 방 맞은 기분으로 눈이 커졌다.

이칠은 서상이 그러거나 말거나 전혀 신경 쓰지 않는 태도로 하던 말을 계속했다.

"연맹에서 나선 일이 아니라는 것쯤은 이 시골 촌놈도 능히 알아볼 수 있습니다. 그러니 괜한 억지 부리지 마시고……."

그는 웃는 낯으로 어린아이를 타이르듯 덧붙여 말했다.

"우리 어디 가서 술이나 한잔하실까요? 먼 길 오셨는데, 마땅히 대접은 해야 도리 아니겠습니까."

"……!"

서상은 실로 어안이 벙벙해졌다.

지금 이것들이 서로 짜고 나를 가지고 노는 건가 싶어서 새삼 분노가 치밀어 올랐다.

그러나 그건 아니었다.

그걸 모를 정도로 그는 바보가 아니었다.

그는 그제야 심상치 않은 낌새를 알아차리며 새삼스러운 눈초리로 이칠을 살펴보았다.

이칠이 그의 속내를 아는지 모르는지 히죽 웃어 보였다.

이것도 서상에겐 적잖은 충격이었다.

일개 변방의 흑도 나부랭이 주제에 뭐가 이리 당당하고, 뭐가 이리 여유만만인 것일까.

이건 아무리 생각해도 둘 중 하나였다.

'그만한 능력이 있거나, 그만한 배경이 있거나!'

그렇지 않다면 절대 이럴 수 없었다.

지금 그의 견지에서 이칠의 능력은 그 정도로 비약할 수준이 아니었다.

　양의와 마찬가지로 일개 변방에 자리한 흑도방파의 우두머리치고는 뛰어나 보이긴 하나, 그게 다였다.

　숨겨 둔 한 수 재간이 있다고 해도 그가 상대 못할 수준은 전혀 아닌 것이다.

　그는 내심 그렇게 단정하며 넌지시, 그래서 더욱 위협적으로 들리는 목소리로 말했다.

　"설마 대곤채를 믿고 이렇듯 뻗대는 거라면 정말 크게 실수하는 걸세!"

　"정말 아무것도 모르시네."

　이칠이 옆머리를 긁적여서 가뜩이나 원숭이 같은 얼굴을 더욱 원숭이처럼 보이게 만들며 자리를 털고 일어났다.

　그리고 서상을 향해 히죽 웃으며 사전에 약속이라도 해 둔 것처럼 앞선 대도회의 양의와 같이 단호한 축객령을 전했다.

　"다른 볼일이 없으시면 저는 이제 그만 나가 보겠습니다. 요즘 제가 하는 거 없이 바빠서 말입니다."

　이게 무슨 일일까?
　대체 무엇을 모르고 있는 것일까?

백사방을 나서는 서상은 내내 그와 같은 생각으로 골머리를 싸매다가 문득 발길을 멈추었다.

　백사방을 나서면서 그는 내심 홍당을 염두에 두고 있었다.

　사전에 조사한 바에 따르면 대도회와 백사방, 그리고 홍당이 난주의 삼대흑도방파였기 때문이다.

　그런데 아무래도 이대로 홍방으로 가는 건 아닌 것 같았다.

　대도회와 백사방의 태도가 이렇다면 홍당이라고 해서 다를 것 같지가 않았다.

　마음을 다잡은 그는 잠시 사전에 조사한 난주 무림의 정세를 떠올려 보다가 이내 대동한 향주들을 향해 물었다.

　"여기 난주에 뿌리내린 정도 문파가 몇이나 되지?"

　향주 중 하나가 대답했다.

　"난주가 대대로 흑도가 성하는 지역이라 몇 되지 않은 것으로 압니다."

　"그건 나도 알아!"

　"아, 예, 그러니까 조사한 바에 따르면 무관인 청운관과 풍운관, 그리고 화운검(火雲劍) 강보(强保)이라는 중견 고수가 꾸린 매화장, 그렇게 세 곳입니다."

　"고작 세 곳?"

　"예, 그렇습니다. 기실 과거 정사지간의 고수였던 금마교인 사문도가 은거한 복정산장도 있는데, 얼마 전 사문도가 지병으로 죽었다고 해서……!"

"그럼 복정산장은 빼고, 청운관 등의 위치는?"

대답이 없었다.

두 향주 모두 곤혹스러운 표정으로 안절부절못했다.

서상은 짜증이 확 솟구쳤다.

하필이면 두 향주의 보고가 이미 그가 알고 있는 부분에서 그친 까닭에 더욱 그랬다.

사전의 조사로 난주가 워낙 대대로 흑도가 강세인 지역이라는 사실을 알게 된 그는 정도 계열의 문파 쪽으로는 관심을 두지 않았다.

이번 임무는 사람들의 이목을 피해서 은밀하게 처리해야 하는 일이기 때문이다.

비밀스러운 일에 정도 문파를 끼워 넣지 않는다는 것은 아는 사람은 다 아는, 소위 말하는 그들 업계의 불문율이었다.

그런데 두 명의 향주 역시 그와 같은 생각을 하고 있었다.

그와 마찬가지로 정도 방파는 고작 이름만 확인했을 뿐, 전혀 관심을 두지 않은 것이다.

하긴, 갑작스러운 호출이었으니 시간적으로 그럴 여유도 없었을지 모른다.

'젠장!'

서상은 절로 이마에 핏대가 섰다.

무슨 일이 이렇게 자꾸 꼬이나 싶어서 짜증이 나고, 부아가 치밀어 올랐다.

하지만 분노는 이번 일에 아무런 도움이 되지 않음을 모를 정도로 그는 바보가 아니었다.

그는 애써 분노를 삭이고 마음을 다잡으며 주변을 두리번 거리다가 눈에 들어온 저잣거리로 발걸음을 돌렸다.

벌써 자시(子時 : 오후 11시~오전 1시)가 넘은 늦은 시간이라 이 대로 잠을 청하고 내일을 기약하는 것이 낫겠다는 생각도 들 었으나, 지금의 그는 전혀 그럴 기분이 들지 않았다.

한시라도 빨리 임무를 끝내고 자신을 괄시하고 무시한 놈 들에게 복수를 하고 싶었다.

'정도 문파의 위치가 무슨 비밀도 아니고, 오가는 행인을 붙 잡고 물어봐도 충분하다!'

그런 생각을 가지고 들어서는 저잣거리의 초입에 마침 그 의 눈에 들어오는 점포가 하나 있었다.

이름 하여 풍점이었다.

난주는 중원의 변방이었다.

중원의 어디를 가도 지금처럼 늦은 시간의 저잣거리는 매 우 한산했다.

접경 지역인 장강이북과 이남의 경우는 해시(亥時 : 오후9~11 시)만 넘어도 문을 닫는 가게가 적지 않고, 자시가 넘으면 사람 들 보기가 어려워진다.

적어도 작금의 중원은 그랬다.

남북대전의 여파였다.

하지만 난주는 달랐다.

중원과 달리 난주의 저잣거리는 남북대전의 여파를 전혀 받지 않는 것 같았다.

자시가 넘은 시간임에도 불구하고 수많은 사람들로 북적이고 있었던 것이다.

저잣거리의 초입에 자리한 작은 육방인 풍점이 서상의 눈에 들어온 것은 그런 중원과의 차이가 크게 작용했다.

아무래도 수많은 사람들의 이목에 노출된다는 것이 못내 께름칙해지던 참인데, 바로 초입에 한적한 가게인 풍점이 문을 열어 놓고 있었던 것이다.

'이 시간에 육방이……?'

중원 어디를 가도 고기를 파는 육방이 자시가 넘도록 문을 여는 경우는 거의 없었다.

특별한 경우가 아니라면 늦어도 술시(戌時 : 오후 7~ 9시)를 넘기지 않는 것이 보통이다.

풍점의 문전이 유독 한적한 것은 아마도 그 때문일 텐데, 서상은 그런저런 의문과 상관없이 그게 마음에 들었다.

일개 점포의 주인이라면 비록 토박이가 아닐지라도 난주의 정세에 밝을 터였다.

딱히 정도방파의 위치만이 아니라 이런저런 난주의 정세도 확인해 볼 수 있는 기회인 것이다.

그랬는데.

'어라?'

서상이 들어선 작은 육방, 풍점의 안은 밖에서 보기와 달리 매우 바빴다.

사람이 많아서가 아니었다.

이제 막 도살한 것으로 보이는 십여 마리의 돼지가 주렁주렁 매달려 있었고, 가죽을 누벼서 우비(雨備)처럼 만든 앞치마를 걸친 사내 하나가 그 사이를 부산하게 오가며 정신없이 손을 놀리고 있어서 그렇게 보였다.

발골(拔骨), 즉 돼지의 뼈와 살을 분리하는 작업을 한참인 것인데, 이채롭게도 사내 하나가 십여 마리나 되는 돼지를 동시에 처리하고 있었던 것이다.

서상이 예기치 않은 상황에 당황해서 머뭇거리는 사이, 예사롭지 않은 칼질로 발골을 하고 있는 앞치마의 사내가 시선도 주지 않고 말했다.

"장사 끝났습니다. 내일 물건이니 내일 오십시오."

"어디서 잔치가 열리나 했는데, 이게 다 내일 팔 물량이라니, 정말 장사가 잘되는 육방인가 보군."

서상은 절로 놀라워했다.

주렁주렁 매달린 돼지가 얼핏 봐도 십여 마리였다.

이게 다 내일 팔 물량이라면 장사가 잘돼도 보통 잘돼는 육방이 아니었다.

그런데 그의 말을 들은 앞치마의 사내가 묘하게도 발골하던 칼질을 멈추며 시선을 주었다.

　분명 정신없이 분주하게 손을 놀리던 사람이었는데 방금 잠에서 깨어난 것처럼 게슴츠레한 눈빛이었다.

　"타지분이시군요?"

　서상은 마주하기 거북한 사내의 눈초리 때문에 애써 미소를 지으며 대답했다.

　"원래 유명한 육방인가 보군. 내 말 한마디로 타지 사람임을 알아보니 말이야."

　"그런 편이죠."

　사내가 대수롭지 않게 수긍하고는 장사를 할 때 고기를 썰고 담을 수 있도록 도마처럼 만들어진 가판대로 다가서며 재우쳐 물었다.

　"타지분이 이 시간에 어쩐 일로 육방을 다 찾아오신 겁니까? 고기가 드시고 싶으면 객잔이나 주루로 가셔야지요."

　서상은 멋쩍게 웃으며 본론을 꺼냈다.

　"사실 고기를 사러 온 게 아니라 길 좀 물어보려고 들어왔네."

　사내가 묘하다는 눈치로 그를 바라보았다.

　"거리에 행인들이 아직 많을 텐데요?"

　"겸사겸사 다른 것도 좀 물어볼 것이 있기도 해서……."

　서상은 어깨를 으쓱이며 부연했다.

"아무래도 점포를 가진 사람이 행인들보다야 여기 난주의 정세를 더 잘 알고 있을 것이 아닌가."

사내가 묵묵히 고개를 끄덕이고는 퉁명스럽게 채근했다.

"그럼 어서 물어보시죠. 보시다시피 제가 아직 남은 일이 많습니다."

서상은 못내 거슬리는 사내의 게슴츠레한 눈빛과 퉁명스러운 태도를 애써 외면하며 물었다.

"풍운관을 찾고 있네. 거기 위치가 어떻게 되나?"

사내가 묘하다는 눈치로 반문했다.

"거긴 왜 가시는 거죠?"

서상은 노골적으로 눈살을 찌푸려서 거부감을 드러냈다.

"그건 알 것 없고."

사내가 습관처럼 고개를 까딱거리며 대답했다.

"동문대로입니다. 여기 저잣거리로 들어오던 길목에서 우측으로 곧장 가면 되는데, 발걸음을 서두르면 얼추 한 시진 정도에 도착할 수 있을 겁니다. 다만……."

"고맙네. 그리고……."

서상은 쓸데없이 사내가 괜한 참견을 하려는 것 같아서 서둘러 사내의 말을 끊고 다른 질문을 던지려고 했다.

그러나 사내가 고집스럽게 하던 말을 마저 했다.

"……혹시 풍운관을 지표로 삼고 어디 다른 곳을 찾아가는 것이 아니라 진짜 풍운관을 찾아가시려는 거라면 굳이 갈 필요는 없을 겁니다."

"......?"

서상은 그저 잡소리인 줄 알고 기분 상한 내색을 하려다가 그게 아님을 듣고는 재우쳐 물었다.

"어째서?"

"가 봤자 소용없으니까요. 오래전에 봉문을 해서 외부인을 받지 않거든요."

"그게 정말인가?"

"알려 준 사람 무안하게 의심이 심하시네요. 더운 밥 먹고 식은 소리 하는 사람 아닙니다. 의심스러우면 그냥 가 보시든 가 하세요."

사내가 퉁명스럽게 대꾸하며 돌아섰다.

서상은 재빨리 사과했다.

"그렇게 들렸다면 미안하네. 그저 처음 듣는 얘기라 그런 거지 다른 뜻은 아니야. 아무려나, 그럼 청운관의 위치는 어떻게 되나?"

돌아서다가 멈추고 신형을 바로 한 육방의 사내가 새삼 묘하다는 투로 서상을 쳐다보며 말했다.

"미리 말해 두는데, 거기도 가 봤자 소용없을 겁니다. 원래 서문대로 방면에 있었지만, 얼마 전 남부 끝자락인 서화부로 이주를 했거든요."

"......?"

서상은 다시금 절로 그게 사실이냐고 확인하려다가 애써 참고는 못내 삐딱하게 사내를 훑어보았다.

앞선 대도회나 백사방의 경우를 당해서 그런 건지도 모르지만, 어째 눈앞의 이 자식도 자신을 놀리는 것이 아닌가 하는 기분이 들었다.

시종일관 건방지게 보이는 시큰둥한 태도가 앞서 마주했던 양의나 이칠과 판박이처럼 똑같지 않은가.

그는 서서히 불쾌해지는 감정을 애써 억누르며 다시 물었다.

"이거 어째 점점 묻기가 겁나는군. 하면, 매화장은 어디로 가야 하나?"

사내가 못내 난감하다는 듯 쩝쩝 소리가 나도록 입맛을 다시며 대답했다.

"저야말로 어째 대답해 주기가 미안해지네요. 아무래도 그쪽 손님은 매화장과도 인연이 없는 것 같네요. 중앙대로에 있던 강 씨 일가의 매화장은 얼마 전에 저 멀리 동쪽 끝자락 어딘가에 있다는 환현부로 이주했거든요."

"허허……!"

서상은 절로 실소하며 이내 절로 매서워진 눈초리로 사내를 뚫어지게 쏘아보았다.

그의 이마에 슬며시 핏대가 서고 있었다.

"정말인가? 지금 나를 놀리는 게 아니고?"

사내가 무심하게 고개를 저었다.

"아닌데요? 사실인데요?"

서상이 슬며시 허리에 매달린 칼을 자루에 담긴 채로 들어서 사내에게 내보이며 말했다.

"이게 뭔지 알지? 칼이다. 나는 이 칼을 제법 다룰 줄 아는 사람이고 말이다. 자, 이 칼 앞에서 다시 말해 보거라. 지금까지 네가 한 말이 진정 다 사실이냐?"

사내는 놀라거나 겁을 먹기보다 정말이지 귀찮다는 듯한 눈빛으로 바라보다 대수롭지 않게 손을 내저으며 돌아섰다.

"제가 봐도 오해할 만하니, 이 정도 위협은 참아 주도록 하지요. 그러니 여기서 괜한 시비 마시고 정 의심스러우면 딴 데 가서 다시 물어보도록 하세요."

지고지순한 인내를 발휘해서 애써 참고 억누른 서상의 분노가 여기서 폭발했다.

이제 사내의 대답이 사실이건 아니건 상관없게 되어 버렸다.

한 번 봐줄 테니 그만 나가 보라는 식인 사내의 오만방자한 태도가 그를 격발시켜 버린 것이다.

"아, 정말 니미……! 이 동네 애새끼들은 왜 이리 다 사람 보는 눈도 없고, 태도도 불량한 건지 모르겠네!"

말이 끝나기도 전에 칼을 뽑아 든 그는 살기로 가득한 눈으로 사내를 쏘아보며 씹어뱉듯 다시 말했다.

"나도 나지만 너도 오늘 재수가 없구나. 죽이기 전에 하나만 더 물어보자. 너 혹시 여기 난주 어디에 산다는 설무백이 누군지 아냐?"

사내가 이건 정말 예상치 못한 질문이라는 듯 갑자기 바보처럼 눈을 끔뻑거리며 반문했다.

"결국 풍운관이나 청운관 등을 방문하려는 이유가 그분을 찾기 위해서였다는 건가요?"

서상은 한 방 맞은 표정을 굳어졌다.

너무 황당해서 선뜻 입이 떨어지지 않았다.

이 무슨 소 뒷걸음질 치다 쥐 잡는 것 같은 상황이란 말인가.

우습지 않게도 지금 눈앞의 사내는 설무백이라는 자를 알고 있는 듯했다.

'그런데 이놈도 그분⋯⋯?'

서상은 문득 떠오른 사내의 존칭에 절로 흥분이 가라앉음을 느끼며 말했다.

"그래, 그를 찾으려는 것이다. 어디로 가면 그를 만날 수 있지?"

사내가 퉁명스럽게 반문했다.

"왜 찾는 거죠?"

"그야 만날 이유가 있으니까 찾는 거지."

"어떤 이유요?"

"……아니, 이것들이 오늘 정말 단체로 미쳤나……!"

서상은 짜증이 확 솟구치며 애써 눌러 참았던 분노가 머리 꼭대기까지 치솟았다.

울컥한 그는 순간적으로 손을 내밀어서 사내의 목을 틀어 잡았다. 아니, 틀어잡으려고 했다.

일단 잡아 놓고 필요한 대화를 이어 나갈 생각이었다.

그러나 생각뿐이었다.

그가 내민 손에는 아무것도 잡히지 않았다.

사내의 신형이 그가 뻗어 낸 손의 한 치 앞에 있었다.

놀랍게도 아무런 사전 동작도 없이 불시에 내밀어진 그의 손 속을 사내가 슬쩍 물러나는 것만으로 가볍게 피해 버린 것 이다.

"어?"

서상은 어리둥절했다.

있을 수 없는 일이 벌어졌다는 생각에 혼란스러웠다.

'내가 이런 실수를 다……?'

그때.

"결국 좋은 뜻으로 찾는 것이 아니라는 건데, 그럼 이거 얘 기가 달라지는 걸?"

사내가 혼잣말로 중얼거리며 천천히 가판대를 돌아서 서상 에게 접근했다.

서상은 이때 느꼈다.

사내가 전혀 다른 사람으로 변해 있었다.

안색이 변한 것도 아니고, 얼굴이 변한 것도 아니었다.

그저 졸린 듯 게슴츠레한 두 눈에서 피어난 살기가 사내를 전혀 다른 사람으로, 아니, 사람이 아닌 다른 무엇으로 보이게 만들었다.

사내는 그저 고기나 써는 육방의 주인이 아니었다.

방금 전까지는 분명히 그랬는데, 지금은 전혀 그렇지 않았다.

사람의 기색이 어떻게 이렇듯 찰나의 순간에 변할 수 있는 건지 모르겠으나, 지금의 사내는 한 마리의 굶주린 야수와도 같았다.

위험했다.

서상은 본능이 전하는 경고에 따라 발작하듯 소리쳤다.

"쳐라!"

이번에 동행한 두 명의 향주는 그와 오래도록 손발을 맞춘 자들이었다. 그것을 대변하듯 그들의 신형은 그의 명령과 동시에 눈부신 속도로 뛰쳐나갔다.

그리고.

파파팍—!

무엇인지 모를 섬뜩한 소음과 함께 사람의 육신이 피와 살점으로 변해서 사방으로 비산했다.

육방의 사내가 그저 수평으로 휘두른 것 같은 칼질이 그들을 그렇게 만들어 버린 것이다.

서상은 허공에 흩뿌려진 핏물을 뒤집어 쓴 채로 물러나며 절로 부르짖었다.

"너, 너는 누구냐?"

육방의 사내, 바로 설무백의 제안을 듣고 난주에 자리 잡은 제연청은 대답 대신 그저 천천히 서상을 향해 다가갔다.

그의 수중에 들린, 바로 돼지 뼈를 바르던 육도에서 보이지 않는 기가 거미줄처럼 가닥가닥 뿜어 나오고 있었다.

서상의 두 눈이 크게 부릅떠졌다.

이건 그가 감당할 수 있는 기세가 아니었다.

그는 적어도 그것을 느낄 수 있을 정도의 고수였기에 사력을 다해서 물러났다.

하지만 발이 잘 떨어지지 않았다.

무지막지하게 과중한 압력이 그의 전신을 옥죄며 어깨를 누르고, 두 발목을 움켜잡고 있는 것 같았다.

그러는 사이에도 서상과 거리를 좁히며 다가서는 제연청의 칼에서는 점점 더 많은 거미줄이 뿜어지고 있었다.

"빌어먹을……!"

서상은 사방팔방에서 숨통을 옥죄고 드는 압력을 더는 참지 못하고 먼저 공격에 나섰다.

순간적으로 소매 속으로 들어갔다 나온 그의 손에는 금빛 산판(算板 : 주판) 하나가 들려 있었다.

그의 손이 빠르게 산판을 긁자 산판에서 쏘아진 금빛 알갱이들이 튀어져 나오며 제연청의 요혈을 노렸다.

그의 별호가 왜 금산판인지 드러나는 순간이었다.

제연청의 칼이 그 순간, 옆으로 이동하면서 수평을 그렸다.

취르르륵-!

제연청의 요혈을 노리던 금빛 알갱이가 무언가 보이지 않는 장벽에 막힌 것처럼 사방으로 튀어나갔다.

제연청이 그와 동시에 화살처럼 앞으로 쏘아 나갔다.

"헉!"

서상이 경악하며 수중의 금산판을 내밀어서 제연청의 칼을 막았다.

채챙-!

거친 금속음과 함께 검광이 번쩍였다.

제연청과 서상이 하나로 겹쳐졌다가 이내 서로 자리를 바꾼 상태로 등을 지고 섰다.

시간이 정지한 것 같은 찰나의 순간이 지난 다음.

철컥-!

서상의 손에 들린 금산판이 사선으로 갈라지며 바닥으로 떨어졌다. 그리고 이내 그의 이마부터 턱까지 이어지는 한 줄기 혈선이 도드라지면서 이내 폭발하듯 터지더니 피의 분수로 변했다.

털썩!

이미 죽은 서상의 몸이 분수 같은 피를 뿌리며 앞으로 고꾸라진 다음이었다.

그때, 소란스러운 인기척이 들려왔다.

반쯤 벌어져 있던 문이 거칠게 열리며 일단의 무리가 안으로 들이닥쳤다.

바로 제갈명을 비롯한 풍사와 천타 등이었다.

"젠장, 벌써 늦었네!"

내부의 상황을 둘러본 제갈명이 탄식했다.

풍사가 무슨 실수를 한 건지 모르겠다는 듯 어리둥절하며 서 있는 제연청을 향해 피식 웃으며 말했다.

"별수 있나. 그냥 묻어야지."

풍사의 의견대로 졸지에 불귀의 객이 된 금산판 서상은 평소 손발이 잘 맞던 두 명의 향주와 더불어 비밀리에 땅에 묻혔다.

다른 방법이 없었다.

제갈명의 뛰어난 머리도 그것 말고는 다른 방법을 찾아내지 못했다.

서상 등을 본 눈이 몇인지 모르니 언제고 실상이 드러날 가능성이 지대하지만, 지금으로서는 감추는 것이 최선이었다.

적어도 설무백이 돌아오기 전까지는 그랬다.

어떤 이유에서이든 간에 설무백이 자리를 비운 상황에서 북련과 얽히는 것은 최대한 지양해야 할 일이었다.

제갈명은 모처에 서상 등을 묻고 돌아온 풍잔의 취의청에서 모두에게 그와 같은 설명을 해 주었다.

"일단은 이대로 묻고 그냥 넘어가는 것으로 합니다. 일이 이미 이리 되었으니 다른 수가 없지요. 물론 그자의 정체나 배후에 대해서는 주군이 돌아오시면 다시 거론하도록 하고요."

이제 막 새벽이 깨어나며 아침이 밝아오는 시간이었으나, 지금 취의청에는 늘 그렇듯 외곽을 도는 순찰조를 제외한 풍잔의 거의 모든 요인들이 모여 있었다.

당연하게도 대도회의 양의와 백사방의 이칠 등 역시 포함된 인원이었다.

이는 풍잔의 체계가 그간 얼마나 확실하게 다져졌는지를 대변하는 모습이었다.

주먹구구식으로 움직이던 풍잔이 이제 거의 완벽한 체계를 가진 하나의 세력으로 변화된 것이다.

본래는 풍잔의 일에 나설 위치도, 입장도 아니나, 이번 사태의 장본인으로 참석한 제연청이 조심스럽게 일어나서 고개를 숙이며 모두에게 사과했다.

"죄송합니다. 제대로 판단하지 못하고 괜한 사단을 일으켜서 모두에게 폐를 끼쳐 버렸네요. 앞으로 주의하도록 하겠습니다."

"죄송할 것도 셌다!"

괄괄한 목소리가 불쑥 터져 나왔다.

보통은 이런 자리에 나서지 않지만, 어쩐 일로 오늘은 참석한 환사였다.

"거기서 참고 그놈을 그냥 내보냈으면 그게 더 이상하지. 상대가 북련의 졸개라 잘했다고 할 수는 없지만, 굳이 사과할 정도로 잘못한 일도 아니니, 고개 숙일 필요 없다."

환사와 달리 제아무리 사소한 일이라도 늘 나서는 천월이 눈총을 주었다.

"어지간하면 넌 좀 빠져라. 네놈이 먼저 그리 말해 버리면 애들이 다른 의견을 낼 수가 없잖니."

"그런가?"

환사가 참 쉽게도 인정하며 입을 다물었다.

그는 어디로 튈지 모르는 변덕쟁이면서도 이치에 어긋나는 일을 옳다고 우기는 사람도 아닌 것이다.

그러나 엎어진 물그릇처럼 한 번 뱉어 낸 말을 다시 주워 담을 수는 없는 법이었다.

예충을 제외하면 지금 장내에서 최고 배분인 그가 이미 괜찮다고 말했고, 취의청의 모두가 그 말을 들었다.

천월의 말마따나 다른 누가 의견을 개진할 수 있는 여지가 사라져 버린 셈인데, 유일하게 나설 수 있는 예충마저 침묵을 지키고 있어서 더욱 그랬다.

침묵은 인정 혹은 수긍으로 받아들여졌다.

'그러고 보면 요즘 들어 정말 많이 변하셨어. 말수가 준 거

야 자주 부딪칠 일이 없으니 그렇다 쳐도, 볼 때마다 강렬해지는 저 괴이한 느낌의 기세는 대체 뭐지?'

제갈명은 지금 눈앞에 펼쳐진 상황보다 암묵적으로 작금의 상황을 인정 혹은 묵인하고 넘기는 예충의 변화에 더 관심을 가지며 쓰게 입맛을 다셨다.

괜한 생각이 아니었다.

최근 들어 그가 보는 예충은 전혀 다른 사람 같았다.

기도가, 즉 후천지기의 자연스러운 발로라는 기세와 기백 또는 기풍이 전과 비교할 수도 없이 크게 달라져서였다.

그리고 이는 그가 양의와 이칠을 제자로 받아들이고 같이 수련에 임하면서부터 시작된 변화였다.

―강해지고 있는 거다. 예전의 무공을 되찾아 가면서 자연히 일어나는 변화인 거지.

제갈명이 최근 들어 하루가 다르게 변화하는 예충의 모습에 의구심을 느끼고 알아보았을 때, 풍사가 해 준 말이었다.

환사와 천월도 그에게 말해 주었다.

―누군가를 가르치다 보면 자신의 부족함을 깨닫게 되는 경우가 있지. 누군가를 가르치려면 먼저 자신부터 그간 돌아보지 않았던 기본을 살펴야 하니까. 예 선배가 지금 그런 경우

인 듯싶구나. 소위 초심에서 배운다는 것이지.

　환사와 천월도 굳이 내색만 하지 않았을 뿐이지 벌써부터 예충의 진보를 감지하고 예의 주시한 것 같았다.

　예리한 관찰이 없었다면 그런 심도 깊은 대답이 나올 수 없었다.

　다만 굳이 따지면 변한 것은, 즉 눈에 띄게 진보하거나 약진하는 것은 예충만이 아니었다.

　예충을 사사한 양의와 이칠 등을 비롯해 진작부터 설무백이 전해 준 무공을 익히고 있던 광풍대의 대원들도 눈부시게 발전했다.

　풍사와 화사, 철마립 등도 다르지 않았다.

　그들의 경우는 환사와 천월의 영향이 지대했다.

　예충의 경우처럼 사제지연을 맺은 것은 아니나, 언제부터인지 모르게 환사와 천월의 조언을 들으며 수련한 그들의 무공은 이미 전과 다른 새로운 경지로 접어들어 있었다.

　'뭐, 나쁜 일은 아니지만…….'

　제갈명이 상황과 어울리지 않는 엉뚱한 상념에 빠져서 허우적거릴 때였다.

　호랑이도 제 말하면 온다더니, 정말 그랬다.

　외곽 순찰에 나선 까닭에 함께 자리하지 못한 화사가 때아니게 벌컥 문을 열고 나타났다.

"뭐야? 왜들 이리 다 심각해?"

화사가 어리둥절한 모습으로 좌중을 둘러보며 말하자, 환사가 자못 사납게 면박을 주었다.

"저런 버르장머리 없는 계집 같으니라고! 여기 네년의 졸개들만 있냐? 어째 그렇게 말해도 아직 그 모양이냐 너는?"

화사가 천연덕스럽게 웃었다.

"에이, 새삼스럽게 왜 그래요, 할배. 타고난 성격이 어디 가겠어요. 그냥 편하게 지내요 우리. 헤헤……!"

환사가 더욱 험악하게 눈을 부라렸다.

"저년이 또 그놈의 할배 소리를……! 너 이년, 그 소릴 한 번만 더 했다가는 그냥……!"

한 번이 아니라 두 번, 세 번, 수십 번을 더 해도 어쩔 수 없을 터였다.

환사가 되바라져 보이는 그녀의 태도를 재롱으로 느끼며 다른 누구보다 그녀를 아낀다는 사실을 모르는 사람은 이제 풍잔에 없었다.

그러나 화사도 눈치가 있는 여자였다.

개인적인 자리에서는 몰라도 지금처럼 모두가 모인 자리에서는 지켜야 할 선이 있는 법이고, 매사에 천방지축인 그녀도 그것은 알았다.

하물며 지금의 그녀에게는 그런 이유가 아니더라도 화제를 바꿀 필요가 있었다.

동행한 사람이 있었기 때문이다.

"알았어요, 알았어. 앞으로 주의하면 되잖아요. 그보다 여기 이 친구……? 아나!"

화사는 말을 하며 뒤를 돌아보다가 거기 아무도 없자, 툴툴거리며 문밖으로 나가서 사내 하나의 손목을 잡아끌고 들어왔다.

같이 온 사내가 들어오지 않고 문밖에 서 있었던 것이다.

"주군이 보냈다는데, 보다시피 숫기는 없지만, 알고 보니 굉장한 친구더라고요. 야, 아니, 이봐요. 명호 정도는 직접 소개하죠?"

그녀의 손에 손목이 잡혀서 끌려 들어온 것은 작고 왜소한 체구를 가진 이십대 후반 정도의 사내였다.

그리고 그녀의 말마따나 숫기가 없는 건지 아니면 그저 과묵한 건지는 몰라도 사내는 매우 소심한 사람처럼 슬며시 앞으로 나와 속삭이듯 나직한 목소리로 자신을 소개하고는 고개를 숙였다.

"……잔월이라고 합니다."

사내의 소개와 동시에 좌중이 잠시 찻물을 끼얹은 것처럼 조용해졌다.

앞선 화사의 말마따나 사내의 정체가 굉장했기 때문이다.

그 어떤 단체에도 소속되지 않는 독행살수임에도 불구하고 작금의 강호 무림에서 각기 강호사대청부단체로 꼽히는 백마

사의 주지 금안혈승(金眼血僧)과 마정의 주인인 사혼(死魂), 흑수혈의 특급살수인 흑지주(黑蜘蛛)와 더불어 작금의 강호 무림에서 손꼽히는 십대살수(十大殺手)중에서도 따로 사대살수의 하나로 꼽히는 초특급의 살수가 바로 잔월인 것이다.

그런데 그때, 모두의 침묵 속에 밖에서부터 인기척이 들려오더니 슬며시 문이 열리며 두 사람이 안으로 들어섰다.

화사와 마찬가지로 외곽을 순찰하느라 함께 자리하지 못한 철마립과 그 뒤를 조용히 따르는 이십 대쯤으로 보이는 한 사내였다.

제갈명이 눈치 빠르게 물었다.

"또입니까?"

철마립이 뜨악한 분위기의 좌중을 한차례 둘러보며 대답했다.

"성문 밖에서 우연찮게 만났는데, 풍잔의 위치를 묻더군요. 주군께서 보냈다고 합니다."

좌중의 모든 시선이 철마립의 뒤를 따라 들어온 사내에게 고정되었다.

눈치를 보는 모습이 앞선 잔월만큼이나 숫기가 없어 보이는데, 몇 날 며칠을 잠들지 못한 사람처럼 붉그죽죽한 눈으로 인해 음침한 느낌까지 드는 사내였다.

그런 사내가 우습지도 않게 좌중의 시선이 일시에 쏠리자 현기증이라도 일어난 것처럼 뒤로 휘청하더니, 이내 홍시처럼 붉게 달아오른 얼굴로 넙죽 고개를 숙이며 말을 더듬었다.

"무, 무, 무일이라고 합니다!"

"처음 들어 보는 이름이군."

환사가 지나가는 말처럼 한마디 흘리며 제갈명에게 시선을 주었다.

그만이 아니라 무일을 바라보던 좌중의 모든 시선이 그에게 돌려졌다.

좌중의 모두가 환사와 같은 마음인 것이다.

제갈명은 절로 무안한 표정을 지으며 말했다.

"저도 처음 들어 보네요."

의외라는 표정으로 좌중의 시선이 다시금 무일에게 돌려졌다.

지금 장내에서 가장 강호사에 밝은 제갈명이 모른다면 이제 당사자의 소개에 기댈 수밖에 없는 것이다.

제갈명이 모두의 생각을 대변하듯 물었다.

"혹시 별호가……?"

무일이 멋쩍은 표정으로 뒷머리를 긁었다.

"그, 그런 거 어, 없는데요?"

제갈명은 새삼 고개를 갸웃했다.

이제 보니 말을 더듬는 것은 긴장해서가 아니라 타고난 말더듬이이기 때문이었다.

말투의 끊어짐이 긴장과 무관한 느낌이었다.

다만 별호가 없다는 것은 아무래도 납득하기 어려웠다.

"그럴 리가……? 여태 그런 인물은 하나도……?"

제갈명은 말을 하고나서야 왠지 이건 아니다 싶었는지 슬며시 말꼬리를 흐렸다.

상대를 면전에 두고 너무 무시하는 발언 같았다는 생각이 든 것이다.

과거의 그라면 전혀 신경 쓰지 않았겠지만, 지금의 그는 이런 소소한 문제까지도 세심하게 신경 쓰는 사람으로 변해 있었다.

"험험!"

멋쩍은 헛기침으로 애써 분위기를 쇄신한 제갈명은 은근슬쩍 눈치를 보며 조심스럽게 물었다.

"혹시 아버님 함자가……?"

당사자가 아니라면 가문이라도, 즉 태생적인 무언가 라도 있을 거라는 생각에서 던진 질문이었다.

그런데 잘못 짚은 것 같았다.

무일의 입에서 전혀 생경한 이름이 나왔다.

"무, 무(舞) 자, 경(景) 자를 쓰, 쓰셨습니다."

제갈명의 표정이 슬며시 굳어지는 가운데, 좌중의 분위기가 어색하게 변했다.

제갈명이 포기하지 않고 더 위로 거슬러 올라갔다.

"그럼 조부님의 함자는?"

좌중의 분위기에 치인 듯 얼굴을 붉히며 안절부절 못하던 무일이 서둘러 대답했다.

"무, 무 자, 조, 조, 종 자를 쓰셨습니다."

"……."

제갈명은 머쓱해져서 남몰래 헛기침을 삼켰다.

여전히 듣느니 처음인 이름인 것이다.

그런데 그가 애써 실망한 기색을 감추며 화제를 돌리려는 순간.

"무……종이라고?"

문득 고개를 갸웃하던 예충이 이내 두 눈을 크게 뜨며 말했다.

"아니, 그럼 네가 활강시(活殭屍)의 손자란 말이더냐?"

무일이 잠시 눈을 끔뻑이다가 이제야 기억난 듯 반색하며 말을 더듬었다.

"아, 아, 예! 조, 조부님이 그, 그렇게 불린 적이 있다는 얘기를 드, 드, 듣긴 했습니다."

제갈명을 비롯한 좌중의 모든 고개가 바람에 쏠리는 갈대처럼 예충을 향해 돌아갔다.

예충이 좌중의 기대를 저버리지 않고 설명했다.

"모산파의 기대를 한 몸에 받으며 일대 제자의 수좌까지 올랐으나, 어느 날 갑자기 이유도 모르게 파문당한 강시공(殭屍功)의 대가지. 거의 백 년이 다 된 얘기다. 주독에 빠져서 폐인으로 살다가 죽었다는 얘기를 들었는데, 그에게 핏줄이 있었을 줄은 정말 몰랐군."

　장내의 모두가 '이런 멍청이에게 그런 내력이?'라는 눈빛으로 무일을 훑어보는 사이, 환사가 흡족하게 웃으며 말했다.

　"주군의 생각이 뭔지는 몰라도 어째 점점 더 재미있어지는 것 같지 않냐?"

　"그런 것 같기도……."

　천월이 무심결에 인정하다가 이내 질문을 흘린 것이 환사임을 깨닫고는 말꼬리를 흐렸다.

　"……하고, 아닌 것 같기도 하고……."

천외천의
주인

후기지수後起之秀 (2)

강소성(江蘇省)의 중부를 아우르는 거대한 담수호인 홍택호
(洪澤湖)의 북쪽 강변이었다.

설무백은 검푸른 물결을 바라보며 강변을 따라 걷다가 이
윽고 어촌마을의 벗어나자 말문을 열었다.

"구시술(驅屍術)의 대가지."

구시술은 시체를 부리는 수법을 말한다.

강호에는 시체를 전문적으로 처리해 주는 사람도 있고, 그
런 사람들이 모인 조직도 있다.

염습(殮襲)과 장의(葬儀)를 대행하는 그들은 멀고 먼 타지에서
객사한 시체를 고향으로 옮겨 주는 일도 하는데, 그들이 필수
적으로 갖춰야 할 덕목이 바로 구시술이었다.

중원의 땅덩어리가 워낙 넓다 보니 멀리서 객사한 시체는 옮기는 와중에 부패하는 경우가 적지 않았고, 그걸 방지하기 위해서는 구시술이 필요했기 때문이다.

요컨대 시체에 방부 처리를 하고, 특수한 대법을 통해 시체를 움직이게 만들어서 직접 목적지까지 걸어가게 해 시간을 단축하는 등 모든 제반 수법이 구시술에 들어간다.

"그 녀석이요?"

공야무륵은 절로 눈이 커졌다.

무일을 처음 봤을 때부터 소심한 녀석이 왠지 모르게 음침한 기운을 풍긴다 했더니만, 이제야 수긍이 갔다.

사람이 환경을 만드는 경우도 있긴 하나, 대체로 환경이 사람을 만드는 경우가 더 많았다.

맹모삼천지교(孟母三遷之敎)가 그래서 나온 것이다.

무일이 시체를 다루던 녀석이라면 왠지 모르게 음습한 분위기가 난다 해도 이해 못 할 정도가 아닌 것이다.

"하면, 구시술 때문에 그 녀석을⋯⋯?"

"아니, 고작 구시술 때문이 아니야. 고루마공(骷髏魔功)의 유일한 계승자기 때문이지."

설무백의 말을 들은 공야무륵은 새삼 고개를 갸웃거렸다.

"고루마공이라니, 처음 들어 보는 무공이네요. 혹시 고루마공이 아니라 고루신공(骷髏神功)을 잘못 말씀하신 것 아닌가요?"

설무백이 잘못 말한 것이 아니었다.

다만 그에 대한 대답은 그가 할 필요가 없었다.

아는 사람만 아는 그것에 대해서 자세히 알고 있는 사람이, 아니, 사람들이 그들의 곁에 있었다.

타고 난 성격인지 아니면 살다가 몸에 밴 습관인지는 몰라도, 알은척할 수 있는 기회는 절대 놓치지 않으려고 드는 반천오객이 바로 그들이었다.

"아니, 고루마공이 맞아."

"그래 맞아. 고루신공이 아니라 고루마공이야. 다만 고루마공의 기원은 고루신공이긴 하지."

"쉽게 설명해서 고루신공은 시해선(屍解仙)이론에서부터 파생되어 만들어진 도가의 기공 중 하나인데……."

"그게 쉽냐? 그보다는 죽어 육신은 남아 있어도 영혼은 승천하여 신선이 된다고 하는 도가의 이론을 바탕으로 만들어진 내가기공이 바로 고루신공이다. 이래야 쉽게 간단하게 이해할 수 있잖아."

"뭐 그렇다 치고, 아무튼, 그 계통에서 가장 정통한 집단이 바로 모산파인데, 고루마공은 걔들에게서 나온 거야."

"사실 말하면 고루신공에서 파상된 거의 대부분의 신공이기와 사공이기가 걔들, 모산파에서 나왔지."

"맞아. 지금은 비록 한물갔지만, 예전의 모산파 애들은 정말 머리가 좀 있었어."

"머리만이 아니라 용기도 있었지. 그러니 도교의 율법을 벗어나서 즉. 피를 내어 부적을 쓰고, 목검을 휘둘러 주법(呪法)을 행하며, 단을 쌓아 재초(齋醮 : 도교의 제사)를 올려서 귀신이 쫓는 것에만 만족하지 않고, 자연의 죽음과 삶에 대한 깊은 통찰을 가지고 연구에 몰두한 끝에 새로운 경지까지 이룰 수 있었던 거야."

"그러니까 저 새로운 경지가 뭐냐면 바로 예로부터 전해져 오는 고루신공을 통해서 강시 제조의 기법을 완성해서 자신들만의 강시 제조법을 터득했다 이거야."

"그런데 그게 그들의 발목을 잡았어. 아니, 그게 그들의 한계였는지도 모르지. 그게 다라고 생각하며 더 이상 나아가지 않고 죽은 시체에만 매달렸거든."

"영웅은 난세에 난다고, 그 시기에 그걸 탈피한 인물이 하나 있었지."

"이름 하여 무종. 그가 모산파가 터득한 그들만의 강시 제조법을 죽은 시체가 아닌 산 사람에게 도입해서 새로운 기공을 창안한 거야. 그게 바로 고루마공이지."

"무종이 그래서 활강시인 거야. 살아 있는 강시 혹은 자아를 가진 강시라는 의미라고나 할까?"

"아무려나, 무종의 입장에선 억울하게도 모산파의 고루한 늙은이들은 그의 성과를 인정하지 않았어. 인정은커녕 이단으로 규정하고 단죄했지. 파문으로 말이야."

"정말 웃기는 애들이라니까. 지들도 시체를 다루는 통에 진즉부터 사도라고 욕먹는 주제에 정말 신기원을 이룬 제자를 이단으로 몰아서 내치다니, 선조들의 머리를 전혀 물려받지 못한 멍청이들이야!"

그런데 암중에서 모습도 드러내지 않은 채 주거니 받거니 하며 활강시 무종의 내력을 낱낱이 읊는 반천오객도 모르고 있는 것이 있었다.

묵면화상이 말미에 나서며 그것을 물었다.

"……근데, 무일 그 아이가 정말 활강시의 고루마공을 성취한 거 맞아? 지금 다시 돌이켜 봐도 사내답지 않은 나긋나긋한 몸이던데, 고루마공과는 너무 동떨어진 신체라서 말이야."

반천오객을 통해서 모든 내막을 다 들은 공야무륵도, 그리고 별다른 관심을 보이지 않고 있던 대력귀도 정말 궁금하다는 듯 반짝이는 눈으로 설무백을 보았다.

설무백은 대수롭지 않게 그들의 의문을 풀어 주었다.

"활강시는 고루마공을 완성하지 못했어요. 적어도 대성하지는 못했죠. 그의 몸에는 이미 일찍부터 수련해서 쌓은 모산파의 기공이 담겨 있어서 그게 쉽지 않았거든요. 그가 칠순이 다 된 나이에 자식을 본 이유가 그 때문입니다."

무인이라면 안다.

전혀 다른 내공을 수련하는 것보다 비슷하지만 다른 내공을 수련하는 것이 더 어렵다.

전혀 다른 내공은 혼선될 이유가 없지만, 원류가 비슷한 내공은 혼선될 여지가 너무도 많기 때문이다.

하물며 모산파의 고루신공은 사람이 익히는 것이 아니라 모종의 절차를 통해서 시체에 주입하고 그 시체를 움직이는 데 사용하는 술법에 가깝다.

제아무리 변형시켰다고는 하나, 그런 고루신공을 기반으로 만든 고루마공을 시체에 사용하는 것이 아니라 살아 있는 사람이 직접 익힌다는 것은 결코 쉬운 일이 아닌데, 그의 경우는 고루신공에 기반한 내공을 가지고 있어서 더욱 어려울 수밖에 없었다.

그래서였다.

활강시는 각고의 노력을 경주한 끝에 고루마공을 익히는 데는 성공했으나, 경지를 이루는 데는 실패했다.

그는 어쩔 수 없이 후사를 도모했고, 그런 그의 노력은 삼대에 이르러 겨우 결실을 보았다.

이것이 설무백의 설명이었다.

"물론 무일의 고루마공도 아직은 미완이죠. 대성을 이루기 위해서는 몇 가지 난제를 해결해야 하는데, 그는 분명히 해낼 겁니다. 나약하고 허술해 보이지만, 조부인 활강시보다도 더 집념이 강한 사내예요, 그는."

공야무륵이 신기하다는 듯이 잠시 물끄러미 설무백을 바라보다가 물었다.

"외람된 말씀이지만, 주군께서는 대체 어떻게……?"

대력귀가 슬쩍 그의 어깨를 쳐서 말을 끊었다.

공야무륵이 돌아보자, 미간을 찌푸린 그녀가 설무백에게 보란 듯이 면박을 주었다.

"예지력, 미래를 내다보는 혜안에 천기를 읽는 능력 등등, 그런 얘기를 또 지겹게 듣고 싶어서 그래요?"

공야무륵이 무색해진 얼굴로 입맛을 다셨다.

설무백은 특유의 미온한 미소로 대력귀를 외면하며 공야무륵의 곁으로 붙어서 뒤쪽을 일별했다.

"왜? 저 아이 때문에 그래?"

공야무륵이 그의 시선을 따라 고개를 돌려서 천방지축, 한시도 쉬지 않고 부산스럽게 두리번두리번 움직이며 그들의 뒤를 따라오고 있는 십여 살가량의 소년을 쳐다보고는 이내 계면쩍게 히죽 웃었다.

"아니라고는 말 못하겠네요."

사실이었다.

돌이켜보면 평생을 두고 절대 잊을 수 없는 요리를 먹을 수 있게 해 주겠다던 설무백의 약속은 지켜지지 않았으나, 그다지 불만은 없었다.

회계산의 외딴 중턱에 자리한 반점에서 만난 숙수가 요리는 기대에 미치지 못했어도, 무공 하나만큼은 그의 예상을 초월했기 때문이다.

과거 수백 년 전 외문기공의 일인자로 군림하던 대력패왕

(大力覇王) 청우(靑牛)가 개파한 일인전승의 문파 금철문(金鐵門)의 당대 문주인 위지건(慰遲腱)이 바로 숙수의 정체였다.

그런데 설무백이 여섯 번이나 승복하지 않고 끈질기게 도전하는 위지건을 매번 한 방으로 혼절시켜서 끝내 항복을 받아 낸 뒤, 풍잔으로 보낸 다음부터의 행보가 꼬였다.

절강성의 성도인 항주(杭州)의 전당강(錢塘江)과 북서부의 천목산(天目山), 북동부의 가선부(嘉善府), 그리고 성경계를 넘어서 도착한 강소성 남부의 태호(太湖) 등, 무려 일곱 지역에서 허탕을 친 것이다.

아쉽게도 설무백이 찾는 인물들이 멀게는 두 달에서 짧게는 보름 사이로 어디론가 길을 떠났거나 소리 소문 하나 없이 사라져 있었다.

아무래도 그래서인 것 같았다.

공야무륵은 다음 목적지였던 여기 홍택호의 북쪽 강변의 어촌에 도착해서도 그다지 기대를 하지 않았다.

계속 허탕을 치다보니 아무런 근거도 없이 여기서도 허탕일 거라는 생각이 들었다.

그러나 의외로 허탕이 아니었고, 그래서 그는 잔뜩 기대를 하고 있었다.

여태까지 설무백이 중원을 돌며 찾아다닌 자들이 전부 다 특출했기에 거듭된 헛걸음 속에서 맞이한 인물이라 기대가 배가 되었던 것이다.

그런데 정말 의외였다.

이번 인물은 그의 예상을 벗어났다.

마을 촌장의 집에서 더부살이를 하고 있던 그 인물은 어이없게도 어린아이였다.

이름은 동곽무(東郭舞), 나이는 열다섯.

얼마 전 노모가 죽어서 촌장이 거두었다고 했다.

설무백은 늘 그렇듯 동광무의 먼 친척뻘이라는 말로 늙은 촌장을 안심시키며 동곽무를 데려왔다.

물론 촌장은 그의 말보다는 남몰래 내민 적잖은 은자에 더 관심을 보였지만 말이다.

이유야 어쨌든, 공야무륵은 그런 아이, 동곽무에게 혹시나 요미와 같은 내력이 있나 살펴봤으나, 전혀 아니었다.

동곽무는 어디에도 특출한 구석이 보이지 않았고, 남다른 내력이 느껴지지도 않았다.

잔망스러울 정도로 천방지축이라는 것이 특이하다면 특이할 뿐, 평범하기 짝이 없는 아이였다.

못내 실망하던 공야무륵이 느닷없이 설무백에게 갑자기 무일의 내력에 대해 물어본 것은 바로 그 때문이었다.

문득 돌이켜 보니 그간 평범한 친구가 없지 않았다.

바로 무일이 있었고, 그래서 내친김에 내력을 물어봤던 것이다.

그랬는데, 그의 예상이 틀렸다.

알고 보니 무일 또한 무시할 수 없는 내력의 소유자였다.

사정이 그렇다는 것은 지금 그들의 뒤를 잔망스러운 모습으로 따라오고 있는 동곽무도 그럴 가능성이 매우 높았다.

공야무륵은 대번에 뒤집어진 자신의 판단을 계면쩍은 미소로 드러내며 물었다.

"……근데, 역시 제 생각이 틀린 거겠죠?"

설무백이 무심히 고개를 끄덕이는 것으로 그의 생각을 인정하며 대답했다.

"무(舞)는 대취옹(大醉翁) 동곽(東廓) 선생(先生)의 후손이고, 그의 모든 절기를 기억하는 유일한 아이다."

공야무륵은 적잖게 놀라서 절로 눈이 커졌다.

대취옹, 달리 적미어옹(赤眉漁翁)이라고도 불리는 동곽 선생은 장강수로십팔타의 전전대 총타주였고, 취선신공(醉仙神功)을 기반으로 펼치는 그의 취팔선보(醉八仙步)와 취우검(醉牛劍)은 천하십대보법의 하나이며 천하십대검법의 하나로 알려진 극품의 절기들이었다.

"대취옹에게 무슨 일이 있었던 거죠?"

대취옹은 수십 년 전에 제자에게 장강을 물려주고 은퇴해서 조용한 삶을 산다고 알려졌다.

그런데 그의 후손인 동곽무가 왜 이리 불후한 상황이었을까?

소문과 달리 대취옹은 정상적인 은퇴생활을 하다가 죽은

것이 아니라는 것일까?

"오해하지 마."

설무백은 잘라 말했다.

"그의 죽음에 음모나 폐해는 없었으니까."

그는 이해할 수 없다는 눈치를 드러낸 공야무륵을 외면하며 돌아서서 동곽무를 마주했다.

부산하게 따라오던 동곽무가 전에 없이 긴장한 모습으로 굳어졌다.

설무백의 말을 들은 그는 정작 공야무륵보다도 더 놀란 모습이었다.

설무백은 그런 동곽무를 매섭게 직시하며 말했다.

"사실이다! 네 조부가 하백의 음모에 당해서 죽었다는 네 아버지, 동곽인(東廓刃)의 말은 거짓이다!"

동곽무가 갑자기 발작적으로 소리쳤다.

"거짓말!"

설무백은 냉정하게 고개를 저으며 대꾸했다.

"아니, 엄연한 사실이다! 동곽인은 단지 아버지 동곽 선생의 기대에 미치지 못하는 자신에게 화가 났고, 그 와중에 운명을 달리하신 아버지에게 죽도록 미안하고 죄송스러워서 달리 자신의 화를 표출할 대상이 필요했을 뿐이다! 그게 바로 하백이고, 끝내 그걸 바로잡아 주지 않고 비명횡사한 거다!"

동곽무가 전신을 부들부들 떨었다.

예상치 못한 자리에서 갑자기 마주친 진실을 어떻게 받아들여야 할지 몰라서 안절부절못하는 어린아이의 심정이 고스란히 느껴지는 모습이었다.

설무백은 그런 동곽무의 마음을 정확하게 읽으며 재차 힘주어 부연했다.

"그러니 너는 이제 더 이상 나를, 아니, 세상을 속이지 않아도 된다!"

"맹랑한 놈이었구나, 너!"

동곽무의 정체를 듣고 놀란 가슴을 어느 정도 진정시킨 공야무륵은 이어진 사연에 새삼 놀랐다.

그는 눈살이 찌푸려질 정도로 천방지축인 동곽무를 그저 세상 물정 모르고 천진난만한 아이로 치부하고 대했었다.

그런데 그게 아니었다.

동곽무의 천진난만함은 아비에 대한 자괴감으로 인한 거짓 복수에 매달린 가식이었다.

생각하기에 따라서는 매우 섬뜩한 행동이 아닐 수 없었다.

동곽무가 조부인 대취옹의 절기를 모두 기억한다는 설무백의 말 때문에 그는 더욱 그렇게 느껴졌다.

"그럼 설마……?"

설무백이 예리하게 그의 생각을 읽고는 손을 내저었다.

"너무 비약하지 마. 네 눈에도 드러나지 않을 정도인 반박귀진의 고수가 세상에 어디 그리 흔한 줄 알아? 그냥 알고만 있을 뿐이야."

공야무륵은 절로 계면쩍은 표정을 지었다.

그는 동곽무가 세상을 속이고 있다는 설무백의 설명에 심취해서 한순간 동곽무가 내공을 안으로 갈무리한 반박귀진의 고수인가 의심했던 것이다.

"천만다행이네요. 대취옹의 취선신공은 술로 시작해서 술로 끝나는 무공인데, 저 나이에 술에 취해서 비틀거리면 정말 꼴 보기 싫을 테니까요."

대력귀의 말이었다.

그녀도 설무백의 말을 듣는 순간 공야무륵과 같은 의심을 품었던 것이다.

설무백은 그녀의 말이 끝나기 무섭게 뒤를 돌아보며 말했다.

"그쪽 분들 의견은 전혀 궁금하지 않으니 조용히 하세요."

암중의 반천오객에게 건네는 주의였다.

효과가 있었다.

잔뜩 바람을 불어넣어서 터지기 직전의 돼지 방광처럼 팽팽하게 느껴지던 반천오객의 기색이 슬며시 가라앉았다.

설무백은 그걸 느끼고 나서야 주의를 주어야 할 사람이 더 있다는 사실을 깨달았다.

바로 요미였다.

그런데 어쩐 일인지 매사에 나서기 좋아하는 요미가 이번에는 나서지 않고 잠잠했다.

그때 설무백을 노려보며 굳게 입을 다물고 있던 동곽무가 사납게 따지고 들었다.

"대체 당신이 그걸 어떻게……! 악!"

동곽무가 비명을 지르며 머리를 부여잡았다.

설무백이 순간적으로 그의 머리를 쥐어박았던 것이다.

"천방지축으로 잔망스럽지 않은 것이 본색이라는 건 나쁘지 않지만, 그렇다고 대뜸 무게 잡고 당신 어쩌고 하면 너무 건방지잖아!"

동곽무가 정말 아팠는지 붉어진 얼굴로 설무백을 노려보며 발끈했다.

"그럼 뭐라고 불러요!"

설무백은 눈총을 주듯 노려보며 말했다.

"지금은 당신, 너, 형씨 빼고는 다 괜찮아. 나중에 네가 조부의 절기를 익혀서 쓸 만한 놈이 되면 생각이 조금 달라질지도 모르지만."

동곽무가 오기가 나는지 사납게 노려보며 그냥 호칭만을 빼고 말했다.

"대체 그걸 어떻게 안다는 거죠?"

설무백은 무심하게 대꾸했다.

"그냥 다 아는 수가 있어. 그리고 너도 벌써부터 의심을 하고 있었던 것으로 아는데, 아냐?"

동곽무의 안색이 변했다.

말 그대로 폐부를 찔린 표정이었다.

그때였다.

"알았다!"

왠지 모르게 잠잠하던 암중의 요미가 갑자기 탄성을 지르며 나섰다.

"모종의 수법으로 금제를 당한 거야! 내공을 사용할 수 없도록 말이야. 영구적인 건지, 일시적인 건지는 알 수 없지만, 그게 분명해. 그래서 지금 저렇게 평범해 보이는 거야! 틀림없어!"

분명하게 단정하며 말을 끝맺기가 무섭게 습관처럼 설무백의 어깨에 새처럼 앉은 요미가 다그치듯 물었다.

"내 말이 맞지? 그렇지?"

곱지 않은 시선으로 그녀를 쳐다본 설무백의 입이 열리기도 전에 눌려 있던 반천오객의 수다가 먼저 터져 나왔다.

"아까 내가 말하려던 것이 저거였어."

"나도! 나도! 애가 영 그런 쪽으로 이상하더라고. 아, 근데, 대취옹이 그런 사술도 알고 있었나?"

"사술이라고 단정할 수는 없지. 단순히 일정 기간 동안 내공을 사용하지 못하도록 금제하는 수법은 정도 문파에도 얼마든지 있으니까."

"맞아. 소림의 만념집일공(萬念集一功)이나 무당의 부용금침

대법(芙蓉金針大法)만 해도 아는 사람은 다 아는 봉혈폐맥(封穴閉脈)의 금제 수법이지.”

“아나, 금제가 객지 나와서 고생한다, 니미……!”

요미가 빽 하고 소리쳤다.

“정말 조용히 안 해! 할배들 때문에 오빠 대답을 못 듣고 있잖아!”

반천오객의 입이 누가 먼저랄 것도 없이 동시에 조개처럼 다물어졌다.

요미의 윽박은 상관없었다.

설무백의 시선 때문이었다.

침묵이 웅변보다 강할 때가 있듯, 슬쩍 바라본 그의 시선이 요미의 윽박지름보다 강렬했던 것이다.

뒤늦게 그걸 느낀 요미가 슬며시 딴청을 부렸다.

“아니, 나는 뭐 그냥 뭔가 이상하다 했다가 갑자기 그게 답이라고 생각돼서…….”

그녀는 이내 거짓말처럼 천진난만한 미소를 지으며 혀를 빼물었다.

“알았어도 그냥 묻지 말 걸 그랬나?”

설무백은 짐짓 불쾌한 기분을 드러내려다가 전에 없던 그녀의 애교에 무너져 한숨으로 대신하고 말았다.

애써 마음을 추스른 그는 이내 동곽무에게 시선을 고정하며 냉담하게 물었다.

"내가 왜 갑자기 네게 그런 말을 한 건지 알아 몰라?"

갑작스러운 요미의 등장에 기겁하며 뒤로 물러났던 동곽무가 말을 더듬었다.

"쟤, 쟤는 누구죠?"

설무백은 손을 내밀어서 요미를 쳐다보는 동곽무의 고개를 돌려 시선을 맞추며 인상을 썼다.

"내가 먼저 질문했다."

동곽무가 아무래도 내면의 의혹을 지우기 어려운 듯 애써 그의 손길을 뿌리치며 시큰둥하게 대답했다.

"딴 생각을 품지 말라는 거겠죠."

"그래, 바로 그거다."

설무백은 냉정하게 대꾸했다.

그리고 다시금 동곽무의 턱을 잡고 얼굴을 바로 해서 시선을 마주하며 말했다.

"네가 어디까지 아는지는 모르겠지만, 대취옹이, 바로 네 조부가 네게 심어 주며 금제를 걸어 놓은 취선신공의 잠력은 앞으로 삼 년 후, 정확히 네 나이 열여덟에 깨어날 거다."

동곽무의 눈이 동그래졌다.

내색을 삼갔을 뿐, 그는 이미 그와 같은 사실을 알고 있었던 것이다.

"도, 도대체 그런 것을 어, 어떻게……?"

설무백은 귀찮다는 태도로 그의 턱을 잡고 있던 손아귀를 풀며 하려던 말을 계속했다.

"……그러니 도망쳐야 하나 마나 어설픈 잔머리 굴리지 말고 지금 이 자리에서 결정해라. 내 곁에서 잠력이 깨어날 때를 대비하며 조부의 무공을 수련하고 있다가 그때 가서 사건의 진상을 밝혀 볼래, 아니면 죽자 사자 지금부터 홀로서기를 해 볼래?"

동곽무의 눈동자가 불안하게 흔들렸다.

어떤 것이 옳은 결정인지 전혀 갈피를 잡지 못하고 방황하는 모습이었다.

그 상태로, 그가 물었다.

"내가 가겠다면 이대로 그냥 보내 주겠다는 건가요?"

"물론!"

설무백은 대수롭지 않게 말했다.

"대신 너와의 인연은 그것으로 끝이다. 언제고 네가 나와 다시 만나게 된다면 그때는 이유 여하를 막론하고 그때의 상황에 충실해야 할 거다."

동곽무가 어색한 미소를 흘리며 말꼬리를 잡았다.

"마치 꼭 다시 만날 거고, 그때는 서로 적일 거라고 말하는 것처럼 들리네요."

설무백은 짐짓 사나운 눈초리를 드러내며 냉정하게 꾸짖었다.

"잔머리 굴리지 말라고 그랬지? 그런 식으로 찔러 봐도 내게 얻어 낼 것은 아무것도 없으니 어서 결정이나 해라. 갈래?
말래?"

동곽무가 아무리 생각해도 잘 모르겠다는 표정이다가 이내
지그시 입술을 깨물며 대답했다.

"말래요. 여전히 잘 모르겠지만, 왠지 느낌상 그냥 형님 곁
에 머무는 게 좋겠어요."

설무백은 짐짓 핀잔을 주었다.

"내가 왜 네 형이야?"

동곽무가 이러지도 저러지도 못하겠다는 표정이다가 대뜸
울컥하며 말했다.

"그냥 대충 넘어가 주죠?"

설무백은 픽 웃으며 손을 내밀어서 그의 이마를 한 대 쥐어
박아 주고는 돌아서며 말했다.

"난주의 풍잔으로 가라."

"예?"

동곽무가 놀란 기색으로 다급히 물었다.

"지금 저보고 그 먼 길을 혼자서 가라는 거예요?"

설무백은 뒤도 돌아보지 않고 시큰둥하게 대꾸했다.

"하백을 상대로 혼자 싸울 생각을 하던 놈이 이제 와서 고
작 그게 두렵다는 거냐?"

동곽무가 엉겁결에 따라오던 발걸음을 멈추며 기가 질린 표
정으로 물었다.

"대체 저에 대해서 모르는 게 뭐예요?"

설무백은 자신도 모르게 발걸음을 멈추고 서서 슬쩍 동곽무를 돌아보았다.

사실 그도 동곽무에 대해서 모르는 것이 적지 않았다.

아니, 모르는 것이라기보다는 궁금한 점이라고 해야 할 터이다.

전생의 동곽무는 어떤 경로를 통해서 하백의 신임을 얻고 장강수로십팔타의 서열 이 위의 자리에 올랐을까?

또한 전생의 그가 하백을 대신해서 나타난 동곽무를 죽이지 않고 살려 주었다면 과연 하백은 그와 화친을 도모할 수 있었을까?

그렇다.

전생의 그는 장강십팔타의 주인인 하백의 사자로 나타난 동곽무를 죽였었다.

오늘 그는 전생의 기억인 지금의 미래를 바꾸고자, 적어도 비틀어 보고자 동곽무를 거둔 것이다.

전생의 기억으로 그가 익히 잘 아는 동곽무의 능력도 탐이 났지만, 장강수로십팔타의 총타주인 하백의 존재도 절대 무시할 수 없었다.

하백은 미래에 다가올 환란의 시대를 꿋꿋이 버티는 몇 안 되는 인물 중의 하나였기 때문이다.

그러나 아무리 그라도 차마 거기까지 다 말할 수는 없었다.

"내가 너라면 그런 쓸데없는 생각할 시간에 어떻게든 노자나 좀 빌려 보겠다. 하긴 꿍쳐 놓은 돈이 제법 있다면 뭐⋯⋯."

"아, 아니, 아니요!"

동곽무가 그제야 깨달으며 사정했다.

"없어요, 꿍쳐 놓은 돈 같은 거! 그러니 어서 주세요, 노자!"

"언제 내게 돈 맡겨 뒀냐?"

설무백은 퉁명스러운 말과 달리 품에서 은자가 든 주머니를 꺼내서 동곽무에게 던져 주었다.

얼떨결에 은자 주머니를 받아 든 동곽무가 오기를 부르듯 삐딱하게 말했다.

"지금은 갈 생각이지만, 가다가 힘들면 그냥 포기하고 안 갈 수도 있어요."

"그러든지."

설무백은 대수롭지 않게 손을 흔들며 발걸음을 재촉했다.

동곽무가 그런 그를 잠시 지켜보다가 이내 신경질적으로 돌아섰다.

설무백의 어깨에 새처럼 앉은 채로 그 모습을 확인한 요미가 물었다.

"쟤 정말 그냥 안 가면 어떡해?"

설무백은 별다른 생각 없이 대답했다.

"내 손에 죽어!"

"아⋯⋯!"

요미가 알겠다는 듯 고개를 끄덕였다.

설무백은 자신의 말을 그냥 믿고 인정해 버리는 그녀의 태도에 정신이 들었다.

본의 아니게 전생의 상황이, 바로 자신의 손에 죽어 가던 동곽무의 모습이 떠올라서 무의식중에 그대로 말해 버렸던 것이다.

"그러니까 내 말은……!"

설무백은 부지불식간에 변명을 하려다가 이내 자신의 실태를 깨달으며 멈추었다.

설명할 수 없는 사실을 설명하려고 들었다.

그가 가진 전생의 기억은 이렇듯 종종 현실과의 구분이 흐려져 그의 이지를 흐려 놓았다.

주의해야 한다.

그는 애써 멋쩍은 기색을 감추며 말문을 돌렸다.

"……그런 일은 없다는 거다. 그럴 아이가 아니니까."

요미가 묘하다는 눈초리로 그를 보며 고개를 갸웃거렸다.

"하여간 신기한 오빠야. 어떨 때는 사람을 전혀 믿지 않는 것 같은데, 또 어떨 땐 전혀 반대란 말이지."

설무백은 짐짓 심드렁하게 말을 받았다.

"그래서 너는 언제까지 거기 그렇고 앉아 있을 건데?"

"아, 미안!"

요미가 반사적으로 손을 들어 보이며 사과하고는 물거품이 터지듯 폭 하는 소리와 함께 그의 어깨에서 사라졌다.

설무백은 새삼 속으로 감탄했다.

가히 초극의 환술이었다.

신화경에 이른 그의 눈으로 봐도 볼 때마다 신기해서 감탄이 절로 나왔다.

그때 공야무륵이 곁으로 다가오며 물었다.

"자립심을 키우시려는 겁니까, 아니면 다른 이유라도……?"

설무백은 잠시 다른 생각을 하느라 질문의 요지를 이해하지 못하며 공야무륵을 바라봤다.

공야무륵이 고갯짓으로 앞서 멀어지는 동곽무를 일별했다.

"저는 그냥…… 같이 가도 되는데 굳이 혼자 보내시니……."

"아……!"

설무백은 그제야 이해하며 그간 길잡이 노릇을 하던 양피지를 꺼내서 확인했다.

공야무륵이 이상하게 생각하는 것도 무리가 아니었다.

동곽무는 양피지에 적힌 마지막 인물이었다.

즉, 이제 더는 찾아갈 인물이 없는데 굳이 동곽무를 혼자 보낸 것이다.

"그게……."

설무백은 삼매진화를 일으켜서 수중의 양피지를 태우며 전에 없이 눈을 빛냈다.

"가 볼 곳이 있어서……."

슬며시 말꼬리를 흐린 그는 암중의 반천오객을 향해 재우쳐 말했다.

"개인적인 일이라 혼자 가야 하는 길입니다."

다들 침묵하는 가운데, 늘 그렇듯 묵면화상이 모두를 대신해서 말을 받았다.

"어디로 튈지 모르는 아이의 뒤를 몰래 따라가는 것도 나름 재미있을지 모르지."

먼저 길을 떠난 동곽무의 뒤를 따라가겠다는 말이었다.

나머지 반천오객은 그저 침묵하는 것으로 묵면화상의 말을 수긍했다.

요컨대, 설무백은 이제 반천오객과 헤어질 때임을 선언했고, 반천오객은 굳이 묘강으로 돌아가지 않고 풍잔으로 가겠다는 뜻을 밝힌 것이다.

설무백은 내심 바라마지 않던 일이라 미소로 화답했다.

그러다가 슬며시 고개를 돌려서 길가의 아름드리나무를 쳐다보며 말했다.

"너도."

아름드리나무의 중동에서 두 개의 눈이 나타났다.

환술로 아름드리나무와 동화되어 있는 요미였다.

"나도?"

"그래."

설무백은 짧게 대꾸하며 공야무륵와 대력귀를 비롯해서 암중의 혈영과 사도를 둘러보았다.

"괜한 사달이 일어나지 않도록 잘 데리고 가."

이거야 말로 의외의 지시였다.

그는 공야무륵과 대력귀는 물론, 혈영과 사도까지 떼어 놓고 가려는 것이었다.

공야무륵이 단호하게 거부했다.

"저는 싫습니다!"

"이번 일은······!"

"어쨌든 싫습니다! 요미는 저들만으로도 충분하니, 저는 주군을 따르겠습니다!"

공야무륵은 노골적으로 그를 외면하며 시선을 맞추지 않았다.

설무백은 난감한 표정으로 입맛을 다셨다.

평소 고굉지신을 자처하는 공야무륵이 이렇듯 막무가내로 나오면 그도 답이 없었다.

고집불통인 공야무륵의 성격상 이런 경우는 목숨을 걸고 나섰다고 봐야 하기 때문이다.

그때 암중의 혈영이 말했다.

"공야 형이 나서지 않았다면 제가 남았을 겁니다."

대력귀도 거들었다.

"어차피 제가 낄 틈은 없었나 보네요."

공야무륵과 혈영이 나서지 않았다면 그녀가 나섰을 거라는 소리였다.

설무백은 다른 도리 없이 물러설 수밖에 없었다.

"알았으니, 어서 그만 가라."

잔뜩 심통 난 표정이던 공야무륵이 거짓말처럼 밝은 모습으로 변해서 나섰다.

"우리가 먼저 가면 되죠. 어디로 가실 겁니까?"

설무백은 본의 아니게 피식 웃다가 이내 저 먼 서쪽 하늘을 바라보며 짧게 대답했다.

"무당산!"

호북성의 서북쪽 끝에 해당하는 균현(均縣)에 위치한 무당산은 대부분이 운모편암(雲母片巖)으로 이루어져 있어서 거대한 종과 솥을 겹겹이 엎어 놓은 듯이 괴이한 모양을 가진 칠십여 개의 봉우리와 뱀의 몸뚱이처럼 구불구불 이어진 사십여 개의 계곡을 형성하고 있는 오악(五岳)의 하나이다.

설무백이 반천오객과 혈영 등을 떼어 낸 지 보름 만에 도착한 곳은 그중 주봉인 천주봉(天柱峰)이 저 멀리 구름 사이로 아득하게 보이는 북쪽 봉우리의 기슭에 자리한 하나의 계곡이었다.

우습게도 이름 자체가 이름 모를 계곡인 계곡, 이름 하여 무명곡(無名谷)이었다.

기실 무당산은 명승지를 따지는 사람보다 따지지 않는 사람이 더 많았다.

그 이유는 무당산에 이름난 명승지가 일일이 다 헤아릴 수 없을 정도로 많기도 하지만, 사시사철 구름을 이고 안개에 싸여 있는 무당산은 거기가 어디든 자연이 만들어 낸 조화가 꿈에서도 보기 어려운 도원경(桃源境)이라 굳이 명승지를 따지는 것이 무의미했기 때문이다.

설무백이 공야무륵과 함께 들어선 북쪽 봉우리의 기슭 깊숙이 자리한 무명곡도 그랬다.

해가 중천에 뜬 정오임에도 높게 자란 아름드리나무들의 겹겹이 가로진 가지들과 그사이에 뒤엉킨 넝쿨들이 만들어 놓은 그늘은 그윽하기 짝이 없었다.

그 속에서 강물처럼 출렁이는 안개의 풍치와 크고 작은 바위를 휘돌면서도 전설처럼 잔잔하게 흐르는 계곡물의 조화는 그야말로 꿈에도 보기 어려운 도원경이었다.

그러나 계곡으로 들어선 설무백은 그와 같은 도원경에는 조금도 안중에 없었다.

그리고 길잡이처럼 앞서 나가고 있는 공야무륵은 한 술 더 떠서 잔뜩 긴장한 채 식은땀까지 흘리고 있었다.

바로 무명곡의 안쪽에서 흘러나오는 모종의 기세 때문이었다.

보다 정확히 말하자면 사람의 기척이었다.

지금 그들이 진입해 들어가는 무명곡의 안쪽에는 사람이 있었으며, 그들은 그 사람의 기척을 느끼고 있는 것이다.

자신이 숨어서 지내는 것이 아니라는 것을 알리고 싶은 것일까?

아니, 비록 숨어서 지낼지언정 가리고 숨길 것이 하나도 없다는 것을 드러내고 싶은 것인지도 몰랐다.

무명곡 안의 사람은 그렇듯 그저 자신의 기척을 숨기지 않고 있을 뿐인데, 놀랍게도 그들은 그 때문에 숨죽이며 긴장하고 있었다.

전혀 의도적인 것으로 보이지 않는 그 사람의 인기척이, 그저 무명곡 안에 그 사람이 있다는 존재감이, 마치 무언의 압박처럼 그들에게 충분한 위력을 행사하고 있는 것이다.

결국 공야무륵이 참지 못하고 물었다.

"대체 누굽니까?"

설무백은 슬쩍 손을 내밀어서 공야무륵의 어깨를 잡고 앞으로 나서며 대답했다.

"나도 몰라. 그저 검노(劍老)라고 불리는 무명 노인이라는 것밖에는."

사실이다.

천하삼기는 그것밖에 밝히지 않았다.

아직 생존해 있는 야신 매요광과 구철마신 척신명은 말할 것도 없고, 귀검 나백도 생명이 다하는 마지막 순간까지 무명 노인 검노의 정체를 함구했다.

공야무륵이 뒤따르며 의미심장하게 말했다.

"여기는 누가 뭐래도 무당파의 영지입니다."

설무백은 공야무륵이 무슨 뜻으로 하는 말인지 알고 고개를 끄덕이며 대답했다.

"나도 같은 생각이야. 누군지는 몰라도 무당파의 제자겠지. 근데, 노야들이 굳이 무당파의 제자라고 말하지 않는 이유를 도통 모르겠단 말이지."

설무백이 다른 사람에게 노야라고 언급하는 사람은 천하삼기밖에 없다.

그걸 아는 공야무륵이 대번에 사태를 유추하며 말했다.

"혹시 주군께서 무당파와 척지는 것을 꺼려해서가 아닐까요?"

설무백은 가만히 고개를 끄덕였다.

"지금으로서는 그게 가장 그럴듯하지. 일개 개인인 무인과 무인의 대결이지, 나와 무당파의 싸움이 아니다. 뭐 이런 생각을 주지시키려는 것이 아니었을까 하는…… 근데, 아무리 생각해도 그건 너무 단순하다는 생각이 들어서……!"

어깨를 으쓱이며 부연하던 설무백은 슬며시 말꼬리를 흐리며 입을 닫았다.

공야무륵이 새삼 긴장하며 본능처럼 그의 앞으로 나서려고 움직였다.

대화를 나누며 무명곡의 내부로 진입하는 그들의 전면에 노인 하나가 홀연히 모습을 드러냈기 때문이다.

하얀 유생건(儒生巾)과 소매가 넓은 하얀 유복(儒服)을 걸친 채 백발(白髮), 백미(白眉), 백염(白髥)을 길게 늘어트린 수척하면서도 근엄한 얼굴의 노인이었다.

설무백은 슬쩍 손을 뻗어서 공야무륵을 막았다.

본능이 그렇게 시켰다.

상대, 백의 노인은 공야무륵의 실력으로 상대할 수 있는 사람이 아니었다.

그때 노인이 히죽 웃으며 말했다.

"고민이 너무 많은 것 같으니, 이거 하나만 알려 주마. 적어도 비무를 하려고 노부를 찾아온 거라면 무당파를 신경 쓰지 않아도 된다. 그 정도의 선택과 자유는 노부에게도 있으니까 말이다."

설무백은 노인의 말보다는 모습에, 즉 느낀 바 그대로 범상치 않아 보이는 외모와 더욱 강렬하게 느껴지는 예리한 기도에 절로 고개를 끄떡였다.

그리고 물었다.

"검노이신가요?"

노인이 고개를 갸웃했다.

"노부를 몰라? 확실히 아랫마을 말코들이 보낸 놈은 아니라는 건데, 대체 넌 누구고, 뭐 때문에 노부를 찾아온 게냐?"

설무백은 태연히 반문했다.

"질문은 제가 먼저 했습니다만?"

노인이 흥미롭다는 듯 입가에 미소를 떠올렸다.

"그래, 지극히 제한적인 몇몇이 노부를 그리 부른다. 검노라고. 내가 제법 검을 다루는 사람이라 그렇게 부르지. 그런데 생판 처음 보는 네가 노부를 그리 부르는구나. 대체 누가 너를 내게 보냈느냐?"

설무백은 이제야말로 정중히 공수하며 대답했다.

"저는 설무백이라고 합니다. 천하삼기 어르신들을 사사한 까닭에 이렇듯 시간을 내서 인사를 드리러 왔습니다."

백색 일색인 노인, 검노의 표정이 묘하다는 투로 변하며 고개를 갸웃했다.

"네가 그네들의 제자라고? 그럴 리가 없는데……?"

설무백은 묻지 않을 수 없었다.

"왜 그럴 리가 없다고 생각하시죠?"

검노가 당연하다는 듯이 대답했다.

"그네들이 누구 하나로 만족할 사람들이 아닌데다가 무엇보다도 그네들의 무공은 한 대 어울릴 수 신공이기들이니까."

그는 문득 예리해진 눈초리로 설무백의 전신을 훑어보며 덧붙여 말했다.

"물론 그네들 중 누구 하나가 혹은 둘이 전해 줄 절기를 포기했거나 나름 변형한 절기를 네게 사사했다면 말이 되지. 하나, 내가 아는 그네들은 절대 그럴 종자들이 아니란 말이지.

그런 쪽으로는 워낙 탐욕스러운 인간들이이거든."

설무백은 못내 기분이 상했다.

무슨 말을 하고 싶은 것인지는 충분히 알겠으나, 자신이 천하삼기의 제자임을 분명하게 밝혔음에도 그의 면전에서 천하삼기를 비하하고 폄하하는 검노의 태도가 매우 거슬렸다.

"그렇다면 둘 중 하나겠죠. 제 말이 허풍이거나 검노께서 사람 보는 눈이 없거나."

도발적인 언사였다.

그러나 검노는 그의 도발에 넘어오지 않았다.

그저 빙그레 웃으며 물었다.

"노부의 태도가 꼴사납다 이거냐?"

설무백은 굳이 부정하지 않았다.

"매우 그렇게 보이네요."

검노가 피식 웃었다.

"꼴에 그네들의 제자라 이건가 본데, 그리 독기 부릴 것 없다. 그저 노부가 그네들과 그 정도로 격의 없다는 의미일 뿐, 다른 뜻은 전혀 없으니까. 그저 반갑다는 거다. 정말 반갑구나. 흐흐흐……!"

설무백은 기분이 묘해졌다.

상대의 단점이나 결점을 대놓고 말할 수 있는 사람이라면 친구로 보는 게 옳다.

그러나 그가 아는 천하삼기와 검노는 친구가 아니다.

천외천의
주인

친구는커녕 검을 마주하던 적이다.

"혹시 진정한 적수는 진정한 친구와 다를 바 없다, 뭐 이런 얘기를 하고 싶은 건가요?"

검노가 대수롭지 않게 인정했다.

"그네들이 조금 부족해서 진정한 적수라고 하긴 좀 그렇지만, 대충 그렇게 봐도 무방하긴 하다."

설무백은 새삼 검노의 정체가 궁금해졌다.

그저 존재감만으로도 보통이 아니라는 생각이 절로 드는데, 무려 천하삼기를 아래로 보는 인물이었다.

대체 누구란 말인가?

전생의 기억을 뒤져 봐도 선뜻 떠오르는 인물이 없었다.

그는 애써 반감을 누르며 말했다.

"제 입으로 말하긴 좀 그렇지만, 사부님들은 천하에 대명이 자자할 정도로 매우 뛰어나신 분들이십니다. 그렇다면 검노께서도 그 정도로 뛰어나신 분이 분명할 테니, 천하에 대명이 자자하시겠군요."

검노가 망설이지 않고 대답했다.

"좀 그런 편이지."

설무백은 걸렸구나 하는 마음으로 재빨리 물었다.

"제가 그 존성대명을 들을 수 있겠습니까?"

검노가 잠시 침묵하다가 이내 손을 흔들며 설무백의 기대를 저버렸다.

"미안하지만, 그건 곤란하다. 과거의 이름을 버리고 검노로 살기로 누군가와 철통같이 약속을 해서 말이다."

설무백은 조금 아쉽기는 했지만, 크게 실망하지는 않았다.

그는 검노와 비무를 하러 온 것이지 검노의 정체를 파악하러 온 것이 아닌 것이다.

이내 마음을 다잡은 그는 그와 같은 속내를 드러냈다.

"설마 그 약속이 저와의, 아니, 저의 사부님과의 약속에까지 영향을 미치지는 않겠지요?"

검노가 미소로 화답했다.

"그건 걱정 마라. 네 사부들과는 애초에 과거의 이름이 아니라 검노로서 만났으니까."

설무백은 가볍게 고개를 끄덕이는 것으로 수긍하며 서둘렀다.

"그럼 쓸데없이 시간을 끌 필요 없이 이제 그만 시작할까요?"

"그럴까, 그럼?"

검노가 기다렸다는 듯 기꺼이 승낙하는 표정으로 한손을 펼쳐서 무명곡의 안쪽을 가리켰다.

"마침 적당한 장소가 저기 있지."

검노가 손으로 가리킨 곳은 시야에 들어오는 무명곡의 상류 방향이었다.

무명곡을 타고 맑은 물이 크게 굽이쳐 흘러서 흡사 만처럼 보이는 넓은 공간이 형성되어 있었다.

　대략 이십여 장으로 보이는 반경에 사방을 두른 수풀이 담을 이루고, 일정 부분 하늘마저 가려서 마치 누군가가 임의로 만들어 놓은 비무장처럼 보이는 장소였다.

　설무백은 묵묵히 고개를 끄덕이며 별다른 생각 없이 앞장서서 그곳으로 자리를 이동했다.

　전에 느끼지 못한 긴장감을 선사해 줄 정도로 막강한 기도의 소유자인 검노와의 비무에 지대한 관심이 가서인지 다른 생각은 전혀 하지 않고 있었다.

　그게 자만이라면 자만이었고, 실수라면 실수였다.

　서둘러 발걸음을 옮긴 그가 비무장처럼 보이는 공터로 들어서는 순간이었다.

　"엽―!"

　중후한 기합과 함께 노노처럼 일어난 엄청난 기세가 그를 뒷등을 덮쳤다.

　어이없게도 그의 뒤를 따라오던 검노의 기습이었다.

　설무백은 본능을 앞서는 감각에 따라 순간적으로 돌아섰다.

　그리고 보았다.

　언제 어느 때 뽑아 들었는지는 모르겠으나, 검노의 손에 들린 한 자루 송문고검(松紋古劍)이 저 높은 허공에서부터 수직으로 떨어져 내리고 있었다.

콰콰콰콰—!

검이 아니라 거대한 폭포가 쏟아져지는 듯한 엄청난 굉음이 터져 나왔다.

주위의 모든 것이 갈기갈기 찢겨 나가고, 심지어 공기마저 잘근잘근 씹혀서 으스러지는 것 같았다.

잔혹할 정도로 치열한 살기의 중첩이었다.

'이건 무당의 검이 아니다!'

설무백은 찰나의 순간이 반으로 쪼개지는 와중에 불쑥 그런 생각이 들었다.

못내 검노가 무당의 제자일 거라는 생각을 하고 있었는데, 지금 느껴지는 기세는 그가 아는 것처럼 거대한 강물과 같이 부드러우면서도 강하고, 도도하면서도 거친 내면의 물결을 포함하는 무당 검의 기풍이 아니었다.

그리고 그는 또다시 단정했다.

'하지만 무당만이 가질 수 있는 검이다!'

분명 야멸차고 비열한 기습에 더해서 무당 검의 기풍과 동떨어지게 상처 입은 승냥이처럼 사납고 폭급하며, 북풍한설 속에 휘날리는 서릿발처럼 차가우면서도 두려울 정도로 파괴적인 느낌의 기세였으나, 그게 다가 아니었다.

그는 느낄 수 있었다.

오직 무당 검만이 가질 수 있는 상대를 압도하는 강한 법과 도의 기세가, 바로 도도하게 자리 잡은 도가의 무궁무진한 위

엄이 사납고, 차갑고, 파괴적인 기운이 뒤섞인 검노의 삭막한
검세 속에 웅그리고 있었다.

그래서 그는 또한 검노의 정체를 알 수 있었다.

"무당마검(武當魔劍)!"

후기지수後起之秀 (3)

거의 일백 년 전의 일이었다.

당시의 무당파에는 무당제일검(武當第一劍)으로 알려졌기에 강호 무림의 호사가들이 천하 십대 고수를 일컫는 노래의 주인공 중 하나인 검성(劍聖)이라고 믿어 의심치 않던 검객이 하나 있었다.

무당 장문인과 같은 항렬로 무당파 수뇌 십일 인을 구성하는, 즉 무당파를 구성하는 팔궁(八宮)과 이관(二觀), 삼십육암당(三十六庵堂)과 칠십이암묘(七十二庵廟)의 책임자 중 팔궁의 하나인 자소궁(紫霄宮)의 궁주 적현(赤峴)이, 바로 적현자가 그였다.

그러나 적현자는 세상에 퍼진 소문처럼 검성이 아니었다.

무당파가 향후 무당파를 이끌 차세대의 선두로 알려진 적현자의 모든 지위를 박탈하고 모처에 유배해 버림으로서 그것이 드러났다.

적현자가 마도에 빠져서 무당 제자 백여 명을 처참하게 도륙했다는 충격적인 사실이 세상에 퍼지기 시작한 것은 그로부터 불과 보름이 지난날의 일이었다.

검성으로까지 불리던 불세출의 검객인 적현자의 이름은 그때부터 사라졌다.

사람들은 적현자를 무당마검이라 불렀다.

그리고 언제부터인가 그 이름마저 모든 사람들의 뇌리에서 잊혔다.

백 년에 가까운 세월은 한 사람의 이름을 지우기에 차고 넘치는 시간인 것이다.

그렇다.

세간에 알려진 바에 따르면 당대 무당파의 최고의 배분은 올해로 세수 백십이 세라는 화운자이나, 무려 그 화운자보다 배분도 높고 나이도 세 살이나 더 많은, 즉 작금의 구대 문파에서 최고령자이자, 살아 있는 불상으로 불리는 소림사의 굉우대사와와 같은 나이인 적현자가 죽지 않고 살아 있었다.

지금 설무백을 뒤에서 공격한, 아니, 암습한 검노의 정체가 바로 적현자인 것이다.

마기라고 해도 좋을 만큼 처절하고 파괴적인 검세 속에 무당 검의 중후하고 도도한 기운을 내포한 검격은 천하에 오직 적현자, 바로 무당마검 이외에는 없다는 것이 찰나에 검노의 기풍을 직시하고 낱낱이 파헤친 설무백의 결론이었다.

'하나, 살기가 없다!'

장난?

아니면 단순한 시험일까?

아니, 어쩌면 자신도 모르는 사이에 비겁하게 뒤를 노린다는 자괴감이 들어서 살기를 죽인 것일지도 모른다.

이유야 어쨌든, 지금 설무백은 생사의 간극에 서 있는 절체절명(絕體絕命)의 상황이었다.

사람이 무언가를 보고, 느끼고, 생각하고, 판단해서 움직이는 데에는 정해진 시간이 있다.

그러나 설무백은 그와 같은 범주에 있지 않았다.

그는 무언가 자신을 엄습한다는 것을 느낀 순간부터 모든 상황이 느리게 진행되는 그만의 시간 속에 서서 주변의 모든 변화를 선명하게 바라볼 수 있었다.

이미 신화경에 이른 그는 언제든지 원하는 대로, 즉 정신이 가리키는 곳에서 언제든지, 그리고 얼마든지 자신의 힘을 사용할 수 있었기 때문에 그랬다.

그는 정신이 육체를 부리는 것이 아니라 정신과 육체가 같이 움직이는 경지에 이미 진입해 있는 것이다.

그래서 그는 반응에 앞서 우선 눈에 들어온 사물의 변화를 보며 정리하고, 그것을 반응으로 되돌리는 데 나름 적지 않은 시간을 사용했음에도 여유가 있었다.

그의 시간은 다른 사람이 느끼는 시간보다 몇 배는 더 느리게 흐르기 때문이었다.

그는 그로 인해 검노의, 즉 무당마검 적현자의 공격을 세세하게 파헤칠 수 있었다.

적현자의 송문 검은 단순히 허공에서부터 수직으로 떨어지는 것이 아니었다.

떨어지는 와중에 수십, 수백의 허초를 양산해서 거대한 폭포수처럼 보이는 환상을 연출하고 있었다.

다만 이는 검기로 형성된 허초인 까닭에 환상이되 환상이 아닌, 엄연히 눈에 보이는 모든 검극에 생명의 기운처럼 요동치는 의지가 실린 공격인 것이다.

그러나 실초와 허초의 차이는 극명했다.

실초를 막지 못하면 모든 허초를 감당해야 하는 것이 지금 적현자가 펼치는 검격의 요체였다.

설무백은 그래서 환상 속 즉, 허초 속에 숨겨진 실초를 찾았고, 이내 찾아냈다.

폭포수처럼 쏟아지는 검극의 무리 속에 파묻혀서 그의 오른쪽 어깨에서부터 왼쪽 옆구리로 타고 내려오는 검극 하나를 그는 명확하게 구별해 낼 수 있었다.

파바바바박-!

설무백은 의지와 무관하게 절로 일어난 호신강기가 적현자의 송문 검이 일으킨 수많은 허초들을 모래처럼 분쇄해 버리는 가운데, 검극 하나가, 바로 그가 확인한 실초인 송문 검의 서슬이 호신강기를 뚫고 들어왔다.

그에 반응해서 그의 몸이 절로 옆으로 미끄러졌다.

야신 매요광이 천하에 자랑하던 무상신보와 전생의 그에게 흑사신이라는 별호를 안겨 준 이매종의 신법 중에서 가장 빠른 환환미종보가 조화를 이룬 극쾌의 이동이었다.

사락―!

송문 검의 서슬이 간발의 차이를 두고 바람을 가르며 그의 시선 아래로 내려갔다.

송문 검의 옆면에 새겨진 용의 비늘이 빛을 받아서 살아 있는 것처럼 꿈틀거리고 있었다.

설무백은 측면으로 왼손을 내밀어서 경력을 일으키는 와중에 빛을 발하며 멀어지는 그 송문 검의 서슬을 눈으로 확인하며 오른손으로 쫓아갔다.

팡―!

경쾌한 타격음이 울리며 허공으로 떠올랐던 공야무륵의 신형이 뒤로 밀려나갔다.

설무백이 간발의 차이로 뒤늦게 자신을 도우려고 나선 공야무륵을 안전하게 밀어낸 것이다.

그사이.

"감히 노부의 검을 맨손으로……!"

적현자가 코웃음을 치며 설무백이 칼등을 움켜잡으려던 송문 검을 기민하게 비틀어서 빼냈다.

그다음에는 마땅히 반격을 가하는 것이 순리였지만, 그런 일은 벌어지지 않았다.

반격하려던 적현자가 안색을 굳히며 멀찍이 뒤로 물러났기 때문이다.

물러날 수밖에 없었다.

설무백이 어느새 가슴 앞으로 당긴 자신의 손을 바라보며 어깨를 으쓱하고 있었다.

그랬다.

적현자가 반격을 가했다면 여지없이 재반격을 당했을 상황이었다. 설무백의 공격은 처음부터 재반격을 준비한 노림수였던 것이다.

적현자의 기습적인 암습으로 인한 그들의 공방이 그렇게 끝났다.

그들, 두 사람은 처음으로 거리를 두고 대치한 상태로 서로를 바라보고 있었다.

당사자들에게는 어땠을지 몰라도, 지켜보던 공야무륵에게는 그야말로 눈 한 번 깜짝할 사이보다도 빠르게 스쳐 지나간 찰나의 순간에 벌어진 공방이었다.

적현자가 말하기 싫지만 어쩔 수 없다는 듯 비틀린 미소를 지으며 감탄했다.

"정말이군. 구철마공에 기인한 구철마신의 호신강기와 야신의 무상신보가 가미된 움직임, 그리고 분명 귀검의 역천마뢰인의 변화가 서린 손 속이었어. 그네들의 절기를 한 몸에 수용할 수 있는 인간은 절대 있을 리 없다고 생각했는데, 참으로 놀랍군."

설무백은 특유의 미온한 미소를 드러내며 대꾸했다.

"아무리 그래도 저만하겠습니까? 무당마검이라니, 참으로 어이가 다 없네요. 하지만, 아무리 그래도 후배의 등을 보고 기습이라니, 너무 심한 거 아닙니까?"

적현자의 입가에 싸늘하다 못해 삭막하게 느껴지는 미소가 드리워졌다.

비로소 선명한 살기가 떠올랐다.

"내가 누군지 알아보고서도 그따위 말을 하다니, 어울리지 않게 미욱한 놈이구나. 비무도 싸움이고 싸움에는 규칙이 없다고 생각하는 게 바로 노부다. 노부가 달리 무당마검이겠느냐."

설무백은 가볍게 고개를 좌우로 흔들어서 발작적으로 전력을 다한 움직임 때문에 못내 뻐근해진 목을 풀며 대꾸했다.

"오해 마세요, 기뻐서 이러는 거니까."

정말 기뻤다.

전력을 다해도 받아 줄 수 있는 사람을 만났다는 기쁨이었다.

그도 그럴 것이, 무당마검은 누가 뭐래도 과거 쌍성의 하나로 인정받았던, 이른 바 천하에서 세 손가락에 꼽힌다고 알려진 절대 고수였다.

승패를 떠나서 이제야말로 후련하게 전력을 다해 볼 수 있는 상대를 만난 것이다.

"......!"

적현자의 안색이 변했다.

설무백의 모습에서 진심을 읽은 듯 무슨 '이런 놈이 다 있나' 하는 표정이었다.

설무백은 그러거나 말거나 서둘러 앞으로 나섰다.

비스듬히 사선으로 내린 그의 손에는 어느새 맑은 우유빛깔처럼 반투명한 서슬을 빛내는 한 자루 검이 들려 있었다.

환검 백아였다.

적현자가 투지로 불타는 눈으로 씩 하고 웃었다.

오랜만에 만난 적수다운 적수에 그 역시 긴장하면서도 적잖게 기뻐하는 것 같았다.

설무백은 그 순간에 망설이지도, 틈을 찾지도 않고 달려들며 수중의 백아를 휘둘렀다.

적현자도 주저하지 않고 마주 나서며 송문 검을 휘둘러서 백아를 맞받아쳤다.

챙-!

거친 금속음이 장내를 뒤흔들었다.

백아와 송문 검이 무지막지하게 일어난 반탄력에 밀려서

동시에 튀어나갔다.

설무백이 간발의 차이로 먼저 백아의 검극을 바로 해서 휘둘렀다.

거칠고 신속하게 공기를 가른 백아의 투명한 서슬이 적현자의 오른쪽 어깨와 왼쪽 옆구리를 잇는 선을 따라 이동했다.

적현자가 본능처럼 거리를 벌리며 송문 검을 휘둘러서 사선으로 떨어지는 백아를 막았다.

채챙-!

거친 쇳소리이 터지고, 불꽃이 튀겼다.

백아와 송문 검의 서슬을 휘감은 검기가 무참하게 조각나서 사방으로 비산했다.

설무백과 적현자의 신형이 누가 뒤에서 당긴 것처럼 한순간 서너 장 정도로 멀어졌다.

와중에 튕겨지는 백아를 곡선으로 바꾸어서 힘을 죽인 설무백이 보다 빨리 자세를 바로잡으며 신형을 날렸다.

상대적으로 뒤늦게 중심을 잡은 적현자가 미처 방어에 나서지 못하고 측면으로 내달려서 피했다.

팍-!

설무백이 허공에서 수직으로 떨어져 내리며 휘두른 백아가 바닥을 때렸다.

백아의 서슬이 바닥을 깊숙하게 파고들었다.

설무백은 그와 상관없이 동시에 방향을 틀어서 적현자의

움직임을 따라갔다.

그를 따라 바닥에 깊은 고랑이 파였다.

고랑을 만들던 백아가 한순간 들려서 수평을 그렸다.

휘우우웅ㅡ!

불타는 거대한 아름드리나무가 휘둘러지는 듯한 파공음이 적현자를 덮쳤다.

적현자가 안색을 굳히며 쳐올린 송문 검으로 엄청난 기세를 내포한 백아를 막았다.

쩌정ㅡ!

폭음과도 같은 금속음이 터지며 사방으로 경기가 튀었다.

적현자의 상체가 기우뚱 뒤로 밀렸다.

설무백이 따라붙었다.

적현자가 측면으로 내달려서 설무백을 떨쳐 내려 했다.

설무백이 떨어지지 않고 적현자를 마주 보는 자세로 옆으로 내달리며 연이어 백아를 휘둘렀다.

적현자가 송문 검을 지체 없이 들어서 백아를 막았다.

챙! 체챙ㅡ! 체제챙ㅡ!

예리한 금속음이 꼬리를 물고, 어지럽게 비산한 불꽃이 조각난 경기와 함께 사방으로 휘날렸다.

한순간에 십여 번의 공방이 이어진 결과였다.

설무백이 그렇듯 적현자도 역시 이미 초식의 변화에 구애받는 수준의 무인이 아니었다.

따라서 그들의 공방은 단지 찌르고, 베고, 막는 것처럼 지극히 단순해 보였다.

그러나 그것은 눈에 보이는 극히 일부분에 지나지 않았다.

그들의 검극에 실린 힘은 산천초목을 떨게 만들 정도로 엄청났고, 그 속에 담긴 변화는 어지간한 고수도 제대로 헤아릴 수 없을 정도로 많았다.

그 결과로 장내는 이미 폐허로 변했고, 그들이 이동하는 방향에 자리한 아름드리나무들이 산하를 울리는 굉음을 내지르며 속절없이 기울어져 갔다.

그야말로 밀림처럼 우거진 숲의 사방에 없던 길이 만들어지고 새로운 통로가 뚫리고 있었다.

"대체 어떻게 이런 경지가……!"

두 사람이 격돌하는 여파에 밀려서 멀찍이 떨어져 나간 공야무륵이 절로 벌어진 입을 다물지 못하며 경악하고 있는 그 순간.

꽈꽝―!

천둥이 울고, 벼락이 쳤다.

물론 진짜 천둥과 벼락이 아니라 그들, 설무백과 적현자가 충돌했다가 떨어지고 다시 격돌했다가 물러나는 순간에 일어난 엄청난 폭음이었다.

그와 동시에 물러나는, 정확히는 반탄력에 밀려 나간 두 사람의 모습이 공야무륵의 시선에 처음으로 선명하게 들어왔다.

설무백은 넝마처럼 너덜너덜하게 변한 의복에 붉어진 얼굴이었다.

비록 피는 나지 않았으나, 의복은 여기저기 찢겨져 나가고 얼굴은 마치 성난 살쾡이가 손톱으로 마구 긁어 놓은 것 같은 모습, 바로 적현자의 무지막지한 검기가 남긴 흔적이었다.

공야무륵은 그 모습에 분노를 터트리려다가 이내 적현자의 모습을 보고는 절로 누그러져서 미소를 지었다.

적현자에 비하면 설무백의 상처는 새 발의 피, 그야말로 상처도 아니었다.

적현자는 말 그대로 거적때기처럼 찢기고 뜯어진 의복에 산발한 머리였고, 검기에 쓸려서 붉게 주름진 얼굴에는 진짜 피가 흘러내리고 있었다.

그러나 그보다 더 심각한 것은 입술이라도 깨문 것처럼 꽉 다문 그의 입가를 타고 흘러내리는 선홍빛 핏물이었다.

상당한 내상의 흔적, 승부는 이미 결정되었다고 봐도 무방한 상황이었다.

그러나 적현자는 그걸 인정할 수 없는 것 같았다.

아니, 인정하기 싫은 모양이었다.

"타앗!"

상체를 크게 휘청거리며 물러나던 적현자는 괴성과도 같은 고함을 내지르며 튀어나왔다.

사력을 다한 반전으로 보였다.

설무백은 거부하지 않고 마주 달려 나갔다.

파파파박—!

순간적으로 날아온 무형지기가 설무백의 전신을 감싼 호신 강기를 두드리며 불꽃을 일으켰다.

화살처럼 쇄도하던 적현자가 그 순간, 지상을 박차고 높이 날아올랐다.

설무백이 이미 알고 있었던 것처럼 동시에 날아서 적현자 와 마주쳤다.

그들, 두 사람의 신형이 허공에서 마주쳐서 그림처럼 정지 했다가 이내 거칠고 사납게 튕겨 나갔다.

꽈광—!

뒤늦게 터진 폭음이 하늘을 가로질렀다.

처음으로 흘러나온 누군가의 억눌린 신음 하나가 그 속에 파묻혔다.

"크……!"

적현자였다.

피와 함께 신음을 흘려 낸 그가 중심을 잃고 지상으로 추락 했다.

겨우겨우 중심을 잡아 간신히 고꾸라지는 추태를 모면하며 한 무릎을 꿇은 그가 이를 악물고 일어났다.

그리고 이내 경악과 불신에 찬 모습으로 돌처럼 굳어졌다.

앞선 격돌의 여파와는 전혀 무관한 일이었다.

언제 날아왔는지 모르는 한 자루 묵빛 장창이 그의 미간을 겨눈 채로 면전에 두둥실 떠 있었기 때문이다.

적현자의 두 눈에 경이와 좌절감이 순간적으로 떠올랐다가 사라졌다. 그리고 다음 순간.

"빌어먹을 자식! 감히 내게 사기를 치다니⋯⋯!"

사나운 욕설을 뱉은 적현자가 소리가 나도록 이를 갈았다.

그러나 이상하게도 그의 모습은 전혀 분하거나 억울해 보이지 않았다.

과거 적현자는 무당파의 내공 중에서 가장 패도인 심법인 적양신공(赤陽神功)을 기반으로 무당파의 무공 중에서 가장 신랄하고 잔인하다는 사대검법을 익혔고, 대성했다.

현천사검(玄天死劍)과 삼절황검(三絶荒劍), 연환탈명검(連環奪命劍), 현천복마검(玄天伏魔劍)이 바로 그것이다.

그러나 그는 거기에 만족하지 않고 자신이 대성한 사대검법을 하나로 융합해서 대라천강절명검(大羅天罡絶命劍)이라는 전대미문의 검법을 완성했다.

이른 바 무당마검의 전조였다.

일명 대라검(大羅劍)이라 불리는 대라천강절명검은 무당파의 역사상 이전에도 없고, 이후에도 없을 잔혹하고 파괴적인 검법이었기에, 흑도는 물론 사도나 마도에서조차 흉포하다고 느낄 정도의 검법이었다.

정도의 무공으로, 그것도 소림과 함께 정도의 양대산맥으로 불리는 무당파의 무공을 조합한 것인데, 어찌 그렇게 흉악한 검법이 탄생한 것일까?

이유는 간단하고 단순했다.

오직 적현자 그 자신과 무당파의 장문방장을 비롯한 몇몇 요인들만이 아는 사실이나, 적현자가 대라검을 완성하고 싶은 욕심으로 사도와 마도의 각종 흉악한 기법을 도용했기 때문이다.

그것이 바로 무당마검의 유래였는데…….

설무백과의 격전에서 밀리던 중에 지상을 박차고 새처럼 공중으로 비상한 적현자는 바로 그 대라검의 최후절초인 멸절상인(滅絶祥刃)을 펼치려 했다.

그리고 사실을 말하자면 이는 명백한 그의 실수였다.

대라검의 최후초식이자 그의 최고절초인 멸절상인은 일시적으로 잠력을 극대화하기 위해 모종의 방법에 따라 일시적으로 진기를 역류시키는 일종의 편법이었다.

따라서 한순간 역으로 폭주하는 진기를 감당해야 하기 때문에 그 자신도 매우 위험했다.

즉, 그는 한순간의 울컥한 오기로 인해 불공대천지수가 아니라면 절대 펼치지 않겠다고 다짐한 최후절초를 꺼내 들고 말았던 것이다.

그때였다.

"아……!"

적현자가 뒤늦게 아차 하며 후회하는 그때, 그 순간에 황당하다 못해 어처구니없는 상황이 벌어졌다.

거의 동시에 비상한 설무백이 수중의 검을 뽑어 내서 그가 내지르는 검극과 마주한 것이다.

설무백이 뽑어 낸 검극에서 노도처럼 일어난 기운이 그의 검에서 일어나는 검사를, 정확히는 검사지경(劍絲地境)을 벗어나며 강기(罡氣)화되는 성강(成罡)의 기운을 차단했다.

적현자는 반사적으로 검극을 틀어서 변화를 주었다.

가뜩이나 감당하기 어려운 마기의 폭주를 앞두고 투로에 변화를 준다는 것은 참으로 위험천만한 일이었으나, 다른 도리가 없었다.

본능을 앞서는 감각이 그를 그렇게 움직이도록 만들었다.

그러나 소용없었다.

파라라라락-!

설무백의 검극이 마치 갓 잡아 올린 생선처럼 팔딱팔딱 뛰는 듯하더니, 눈부신 속도로 검극의 숫자를 늘렸다.

그러면서 마치 수십, 아니, 수백, 수천 개의 검극이 동시에 쇄도하는 듯한 환상이 연출되었다.

너무나도 갑작스럽고, 빠르게 일어난 변화라 무질서하게 사방에서 마구 떠오른 검극처럼 보였으나, 실제는 전혀 그렇지 않았다.

사방을 가득 매우며 떠오른 수천 개의 검광은 그 자체로 하나의 질서를 이루고 있었고, 이내 격류를 거스르는 연어 떼처럼 일사불란하게 움직이는 빛줄기의 장관을 이루며 거대한 그물을 형성했다.

질식할 듯한 기운을 내포한 그 거대한 그물이 적현자를, 그리고 놀랍게도 검강(劍罡)을 발현하려는 적현자의 검을 완벽하게 봉쇄해 버린 것이다.

우레와 같은 폭음이 그때 터져 나왔다.

밖으로 터져 나가려는 멸절상인의 파괴적인 기운을 설무백이 일으킨 검극들의 거대한 기운이 휘감으며 누르고 또 눌러서 안으로 터트려 버린 것이었다.

설무백이 깃털처럼 사뿐히 지상으로 내려앉은 데 반해 적현자가 절로 피를 토하며 추락한 이유가 거기에 있었다.

격돌이라기보다는 제압이라고 불러야 할 상황의 여파가 오롯이 적현자에게 일어났다.

그러나 그럼에도 불구하고 적현자가 감당한 충격은 그다지 큰 것이 아니었다.

잠력을 끌어 올리기 위해 역류시킨 진기가 폭주하기도 전에 멸정상인의 기세가 와해된 까닭이었다.

그래서 적현자가 감당하기 어려운 진짜 충격은 그다음에 벌어졌다.

지상으로 추락한 그가 간신히 중심을 잡고 일어나려는 순간이었다.

흔들리는 배경을 바로잡던 그의 시야가 갑자기 눈부신 빛으로 가득 찼다.

동시에 그의 전신에 소름이 돋을 정도로 주변의 공기가 싸늘하게 느껴지며 시커먼 점 하나가 그의 시선을 완전히 장악해 버렸다.

그것은 거무튀튀한 한 자루 장창의 창극이었다.

언제 어떻게 날아왔는지 모르게 쇄도한 한 자루 거무튀튀한 장창이 그의 미간을 겨눈 채로 허공에 두둥실 떠 있는 것이 아닌가.

적현자는 그 묵빛 장창이 언제 어떻게 날아와서 눈앞에 떠 있는지는 몰라도 어디서 날아왔는지는 정확히 파악하고 있었다.

설무백이 날렸다.

아니, 정확히 말하면 날리는 것은 보지 못했으나, 설무백에게서 날아왔다.

그뿐 아니라, 적현자는 살아 있는 생물체처럼 두둥실 떠서 자신의 미간을 겨누고 있는 묵빛 장창이 양쪽으로 날을 가진 양날 창이라는 것을 첫눈에 파악했다.

그리고 기문병기에 가까운 이런 장창을 사용하는 초극의 고수 하나를 대번에 떠올렸다.

천하 십대 고수의 하나인 신창 양세기가 바로 그였다.

대뜸 그의 입에서 욕설이 나간 이유는 바로 그 때문이었다.

이건 분명한 사기였다.

천하삼기의 제자를 자처하는 설무백이 신창의 절대 병기를 사용한다는 것도 말이 안 되었지만, 그보다 앞서 설령 진짜 신창이 나섰어도 지금 설무백이 드러낸 신위를 보일 수는 없었다.

검보다 수배나 더 무거운 장창으로 어검의 경지를, 이른 바 어창술(御劍術)을 시전하다니, 이건 정말 상상으로도 말이 안 되는 일이다.

그런데 왜일까?

적현자는 그런 불신과 상관없이 왠지 모르게 속이 후련해지는 것을 느꼈다.

분명 싸움에서 졌는데도 묘하게 싫지 않았다.

아니, 통쾌한 기분이었다.

어쩌면 승패를 떠나서 후회 없이 전력을 다한 싸움을 했기 때문에 그런지도 몰랐다.

적현자는 애써 그런 속내를 감춘 채로 꽤나 적지 않은 시간 동안 삐딱하게 설무백을 바라보다가 불쑥 물었다.

"그냥 끝냈으면 피를 볼 필요도 없었을 텐데, 쓸데없이 왜 멈춘 거냐?"

적현자의 말 대로였다.

지금 설무백의 입가로 한줄기 핏자국이 걸쳐 있었다.

선홍빛 핏물, 내상의 흔적이었다.

무인이라면 누구나 다 알고 있을 테지만, 이미 펼친 무공을 중도에 멈추는 것은 절대 쉬운 일이 아니다.

　경우에 따라서는 적잖게 손해를 감수해야 한다.

　그리고 그건 초절정의 경지일지라도 다르지 않은데, 상황에 따라 무리하다가 자칫 진기가 역행해서 최악의 경우 주화입마에 빠질 수도 있다.

　다행히 설무백은 비록 그 정도까지는 아니나 꽤 적잖은 내상을 입은 상태였다.

　명백한 실수였다.

　자만이라고는 할 수 없으나, 그에 준하는 감정의 폭주였다.

　얼마든지 다른 방법으로 적현자를 상대할 수 있었음에도 불구하고 오랜만에 전력을 다하는 기분에 도취된 그는 그야말로 신이 나서 어창술을 꺼내들었다.

　한순간 아직 완전하지 않은 어창술을 제어할 수 있을 것이라고 오판한 것이다.

　그리고 그걸 깨달았을 때는 이미 늦어 버렸다.

　사력을 다해서 중도에 멈추느라 진기가 역행하는 바람에 적잖은 내상을 입고만 것이다.

　"그게……."

　설무백은 실로 멋쩍은 기색을 드러내며 대답했다.

　"지그시 눌러 주라고 했지, 죽이라는 소리는 없었거든요."

　적현자가 비꼬듯이 물었다.

"천하삼기, 그네들이 신창의 절기를 가르쳐 주면서 그따위 말을 했단 말이냐?"

설무백은 쓰게 입맛을 다시며 손을 뻗었다.

전방에 두둥실 뜬 채로 적현자의 미간을 간질이고 있던 흑린이 낚시 바늘에 걸린 물고기처럼 위로 치솟으며 크게 반원을 그려서 그의 손으로 돌아왔다.

그는 흑린을 수평으로 해서 두 손의 팔뚝에 올려놓은 채로 공수하며 대답했다.

"이건 정말 실수입니다. 왠지 신나서 그만……!"

"실수? 신나서……?"

"그게……."

설무백은 새삼 적현자를 향해 멋쩍은 미소를 흘렸다.

"정말 오랜만에 마음 편히 전력을 다할 수 있는 상대를 만났거든요."

적현자가 한 대 맞은 표정을 지었다.

"설마 지금 그 말이 노부를 칭찬하는 것이라 생각하느냐?"

설무백은 무심하게 고개를 저었다.

"아니요. 그저 있는 그대로의 사실을 말하는 겁니다."

"허허……!"

적현자가 절로 헛웃음을 흘렸다.

그는 이내 설무백을 뚫어지게 바라보며 말했다.

"좋아, 그렇다고 치고, 천하삼기의 제자인 네가 어찌하여 신창의 병기를 가지고 있는 것이냐?"

설무백은 이제야 잠시 잊고 있던 생각이 떠올라서 마음을 다잡았다.

적현자는 어떻게 그의 외조부인 양세기의 무공과 독문병기를 알아보는 것일까?

"외조부님을 아십니까?"

"외조부?"

적현자의 눈이 커졌다.

"네가 신창의 외손자란 말이더냐?"

설무백은 순순히 인정했다.

"예. 덕분에 양가창을 계승했지요."

"음!"

적현자의 입에서 묵직한 침음이 흘러나왔다.

그는 새삼스러운 눈초리로 설무백의 전신을 훑어보며 물었다.

"아까 노부의 검을 봉쇄한 것은 보다 정교하면서도 보다 더 거대해진 귀검의 환검으로 보였다. 맞느냐?"

사실은 그게 다가 아니었다.

귀검 나백의 환검에 낭왕 이서문의 절대 검법인 천우마화검의 묘리가 가미된 것으로, 나름 그가 붙인 이름은 천우마환검(天雨魔幻劍)이다.

그러나 굳이 그렇게까지 세세한 내막까지 설명을 덧붙일

이유는 그에게 없었다.

"역천마뢰인의 최후초식인 환결(幻結)입니다. 나 할배의, 아니, 나백 사부님의 최후심득이지요."

"최후……?"

적현자가 적잖게 당황한 기색으로 설무백을 주시했다.

설무백은 무심하게 침묵했다.

적현자가 숙연해졌다.

"그렇군."

설무백은 그저 침묵했다.

무겁게 가라앉은 적현자의 기색이 나백만이 아니라 천하삼기 모두의 죽음을 연상하는 듯 보였으나, 망설임 끝에 나서지 않았다.

나백의 죽음은 사실인데다가 매요광과 척신명의 상황은 알리고 싶지 않았다.

그들에게는 그게 더 수치일 수도 있겠다는 생각이 들었다.

적현자가 그런 그의 마음을 아는지 모르는지, 이내 무거운 기색을 떨쳐 내며 예리한 눈초리로 그를 주시하며 말했다.

"움직임은 야신의 신법에 뒤지지 않고, 노부의 검기를 차단하는 호신강기는 과거 노부가 이미 경험해 본 석년의 구철마신이 이룬 경지를 넘어섰으며, 귀검의 심득인 환검 또한 그러하다. 거기에 신창이 이룩하지 못한 어창(御槍)의 경지까지. 대체 너 같은 녀석이 무림에 있음을 노부가 어찌 모르는 것일까?"

설무백은 대수롭지 않게 대꾸했다.

"어울리지 않는 질문이네요. 내내 세속과 인연을 끊고 사셨지 않습니까."

적현자가 누런 이를 드러내며 웃었다.

"정말 그래서일까?"

설무백은 의미심장해 보이는 적현자의 눈빛에 부응해서 보다 성의껏 대답했다.

"제가 드러나지 않으려고 나름 노력을 하기는 했죠. 무릇 무림에서 살아가려면 이름이 나는 것을 두려워해야 한다고 하질 않습니까."

"낭중지추(囊中之錐)라고 했다."

적현자자가 코웃음을 치며 잘라 말했다.

"너같이 빼어난 녀석이 감춘다고 드러나지 않는 세상이라는 것은 가당치 않고, 가당하다면 노부가 이 나이 먹도록 헛살아서 세상을 너무 모른다는 건데 그건 너무 심하다고 생각하지 않느냐?"

설무백은 한결 누그러진 적현자의 태도에 기대서 말문을 처음으로 돌렸다.

"그래서 제가 말씀드렸잖습니까. 세속과 인연을 끊고 사신지 오래돼서 그렇다고요."

더 이상 말꼬리를 잡다간 무언가 자신의 치부가 드러날 것 같다고 생각한 것일까?

적현자가 전혀 수긍하는 표정이 아니면서도 가만히 입을 다문 채 새삼스러운 눈초리로 설무백을 바라보다가 불쑥 말했다.

"노부가 그네들에게 말한 거다."

"예?"

"그네들의 능력을 합치는 거 말이다."

"......!"

"그렇지 않는 한 노부를 대적할 수 없을 거라고 했지. 그럴수 있다 없다를 떠나서 그냥 골려 줄 요량이었다. 그네들이 너무 얄미웠거든. 고집스럽게도 끝까지 합공에 나서지 않아서 말이다. 근데, 정말로 그걸 실현하다니......!"

그는 새삼 놀랍다는 눈빛으로 설무백을 바라보았다.

설무백은 기분이 묘했다.

적현자의 말이 사실로 느껴져서 선뜻 뭐라고 대꾸할 말이 떠오르지 않았다.

적현자가 그런 그를 응시하며 무언가 망설이며 머뭇거리다가 힘겹게 입을 열었다.

"......그래, 이제 어쩔 셈이냐?"

설무백은 이 질문을 듣고 나서야 천하삼기와 적현자 사이에 단순히 승패를 가르는 비무 약속이 아닌 무언가 다른 조건이나 약조가 있음을 느꼈다.

하지만 그는 달리 아는 바가 없고, 더 바라는 바도 없었다.

아니, 못내 바라는 바가 있기는 했으나, 그건 욕심이라는 생각이 들어서 말하고 싶지 않았다.

"어쩌긴요. 사부님의 말씀대로 지그시 눌러 주었으니, 이제 그만 돌아가야지요."

적현자의 잠시 가만히 그를 쳐다보다가 이내 입가에 의미심장한 미소를 떠올렸다.

"과연 자존심이 하늘을 찌르는 그네들 성격답구나. 네겐 아무 얘기도 해 주질 않았어. 그렇지?"

설무백은 별다른 생각 없이 고개를 끄덕이는 것으로 순순히 인정하며 말했다.

"노야와 달리 천하삼기 사부님들에게 그건 별로 중요한 일이 아니었나보지요."

적현자의 얼굴이 슬며시 붉어졌다.

대수롭지 않게 생각했다가 설무백의 말을 듣자 부끄러워진 것일까?

아니, 무언가 오기가 치솟은 것처럼 보이기도 했다.

아니나 다를까, 그는 발끈하고 나섰다.

"그네들에겐 몰라도, 내겐 매우 중요한 일이다! 하물며 나는 약속을 깨거나 지키지 않는 삼류 무뢰배가 아니다!"

설무백은 어차피 다른 건 아무런 상관이 없었다.

나백의 유지가 아니었다면 이 자리에 오지도 않았다.

그런데 뜻밖으로 대단한 고수를 만나서 자신의 역량을 시험해 볼 기회를 얻었다.

그는 그것만으로 충분히 만족이라 정말이지 별다른 사심 없었으나, 미묘한 적현자의 태도를 보자 못내 궁금하지 않을 수 없었다.

"하면, 그냥 약속을 지키세요. 저는 아무래도 상관없습니다."

적현자가 막상 그가 그렇게 나가자 갑자기 난감한 표정으로 변해서 말을 더듬었다.

"그, 그게…… 내게도 주변을 정리할 시간이 조금 필요하다. 그러니 여기서 기다리는 건 좀 그렇고, 어디든 가서 조금만 기다려다오."

애써 마음을 다잡은 것처럼 안색을 굳힌 그는 한결 힘주어 덧붙였다.

"늦어도 사흘, 아니, 이틀이다! 이틀 내로 가서 그네들과의 약속대로 향후 오 년간 종노릇을 해 주마!"

"오던 길에 회선교(會仙橋)라는 다리 근처에서 백운(白雲)이라는 객잔 하나를 보았습니다. 거기서 기다리도록 하지요."

설무백은 당황과 놀람, 경악과 불신의 감정을 추스를 새도 없이 대답하며 서둘러 신형을 돌렸다.

어쩔 수 없었다.

바람처럼 빠르게 접근하는 인기척이 있었다.

고도로 발달된 그의 감각에 따르면 대략 십여 명에 달하는 인원이었는데, 하나같이 초절정의 경신술을 펼치는 고수들이었다.

무당파의 제자들이 분명했다.

여기가 적현자의, 즉 무당마검의 유배지인지라 앞선 그들의 격전으로 인해 무언가 사달이 일어났다고 판단하고 다급히 달려오는 것이리라.

모처에 유폐되었다고 알려진 무당마검이 지난날 천하삼기와 비무를 혹은 싸움을 벌였을 정도로 자유로운 생활을 영유했고, 지금도 전혀 격리된 것으로 보이지 않는 것을 보면 그들 간에는 틀림없이 세상이 모르는 특별한 사연이 있을 터였다.

설무백은 못내 그게 궁금했으나, 지금은 그걸 따질 계제가 아니었다.

이유 여하를 막론하고 지금 그가 무당파의 제자들과 마주치는 것은 좋지 않았다.

단순히 느낌적인 느낌도 그랬지만, 무당마검 적현자 역시 은연중에 흔들리는 눈빛을 드러내고 있었다.

적잖게 당황한 기색인데, 그걸 본 설무백의 입장에선 망설일 이유가 전혀 없었다.

아니나 다를까, 급히 자리를 떠난 설무백의 판단이 과연 옳았다.

설무백이 자리를 떠나기 무섭게 나타난 일단의 무리는 과연 긴 머리를 정수리로 빗어 올려서 나무 비녀로 고정한 상투인 속발(束髮)을 하고 포대처럼 헐렁한 도포를 펄럭이는 무당파의 도사들이었다.

하물며 놀랍게도 그들은 하나같이 명호만 대면 강호 무림의 모두가 아는 무당파의 원로이자, 대표들이었다.

무당파 수뇌 십일 인을 구성하는 팔궁과 이관의 책임자 중 여섯과 일곱 명의 일대 제자, 그리고 당대 무당파의 장문방장(掌門方丈)인 자허진인(紫墟眞人)이 바로 그들이었다.

무당파의 팔궁과 이관의 책임자는 장문방장과 같은 배분이거나 한 항렬 위의 도사들이며, 장로의 직책을 겸임한다.

그리고 이들 십대장로와 장문방장을 바로 무당파의 수뇌진이라 구분한다.

즉, 지금 무당파의 장문방장을 비롯한 무당파의 수뇌진 절반 이상이 나타난 것이다.

다만 무당마검 적현자는 삼엄한 기색으로 나타난 그들을 마주하고도 전혀 주눅 들지 않았다.

그의 배분은 무당파의 그 누구보다도 아래가 아닌 위치에 자리하고 있었기 때문이다.

그는 곱지 않은 시선으로 그들을 훑어보며 냉랭하게 타박했다.

"어디 난리라도 난 게요? 천하의 장문방장께서 어찌 이리 채신머리도 없이 꽁지가 빠져라 달려온 게요?"

당대 무당파의 장문방장인 자허진인은 무보다는 문이 출중하다고 세간에 알려진 인물답게 비교적 왜소한 체구였고, 무골호인처럼 두루뭉술하게 순해 보이는 인상이었다.

자허진인은 그 소문에 그 인상 그대로 허허롭게 웃는 낯으로 장내를 둘러보며 대답했다.

"백주대낮에 벼락이 치고 천둥이 우니, 어디서 난리가 난 건가 했지요. 한데, 이제 보니 정말로 난리가 났었나 봅니다그려. 바로 여기서 말입니다."

그는 웃는 낯으로 적현자를 바라보며 재우쳐 물었다.

"아무래도 사백님의 설명이 필요한 것 같습니다만?"

자허진인은 칠순을 넘긴 나이에 불과하고 적현자는 백이십 살에 가까운 나이였다.

게다가 자허진인과 적현자 사이에는 허(墟)자 배부터 시작해서 적(赤)자 배, 엽(葉)자 배, 청(靑)자 배, 운(雲)자 배, 현(玄)자 배까지 무려 여섯 항렬의 차이가 있었다.

그런데 지금 자허진인은 적현자를 사부의 사형을 의미하는 사백이라고 불렀다.

이는 아는 사람만 아는 사실이나, 자허진인의 사부가 바로 현 무당파의 최고 배분으로 알려진 화운자이기 때문이다.

그래서였다.

적현자는 애써 내색은 삼갔으나, 다른 누구보다도 자허진인이 곤란하고, 거북하고, 불편했다.

자허진인이 무당파의 장문인이라서가 아니라 화운자의 제자이기에 그랬다.

단순히 화운자와 그가 항렬의 차이를 떠나서 같은 사부를 모신 사형제간이기 때문이 아니었다.

무당파의 사고뭉치라고 불릴 정도로 사건과 사고로 점철되어 있는 그의 인생을 어디까지나 대쪽같이 올곧은 길을 걸으며 하나에서 열까지 지켜본 사람이 바로 사제인 화운자이기 때문이다.

그뿐 아니라, 끝내 돌이킬 수 없는 실수를 저지른 그를 끝까지 버리지 않고 비호하며 선처를 청해서 단근참맥(斷筋斬脈)의 형벌을 면하게 해 준 사람도 바로 화운자였다.

요컨대 화운자가 없었다면 오늘의 그도 존재할 수 없기에 그는 화운자에게 살아생전에는 다 갚지 못할 거라는 크나큰 죄의식을 가지고 있는 것이다.

그리고 영악하게도 화운자의 제자이기에 앞서 현 무당파의 장문인인 자허진인은 다른 누구보다도 그런 그의 맹점을 잘 이용하는 사람이었다.

적현자가 선뜻 대꾸할 말이 궁색해서 머뭇거리자, 자허진인은 대수롭지 않게 고개를 끄덕이며 전가의 보도처럼 바로 그 점을 찌르고 들어왔다.

"알겠습니다, 제게는 밝히기 어려운 일이신 것 같으니, 사부님께 도움을 청해 보도록 하지요. 무슨 일인지는 몰라도 두

분이서 의논해 보십시오."

보통은 이 정도에서 적현자가 물러났다.

그게 그동안 적현자가 보인 상례였다.

그러나 오늘의 적현자는 달랐다.

앞서 적현자가 설무백에게 말한 주변 정리에는 다른 누구보다도 화운자의 존재가 가장 큰 몫을 감당하고 있었기 때문이다.

"아무래도 그게 좋을 것 같구려. 어서 화운 사제에게 가서 노부가 좀 보자 한다고 전해 주시오."

자허진인의 안색이 살짝 변했다.

기대와 다른, 아니, 여태까지와 다른 적현자의 반응에 적잖게 당황한 기색이었다.

그는 반신반의하는 눈치로 확인했다.

"정말 그래도 되겠습니까, 사백님?"

"여부가 있겠소."

적현자는 이미 확고하게 마음을 정한 까닭에 냉정하게 잘라 말했다.

"어서 서둘러 주시게."

자허진인이 한동안 그대로 서서 복잡한 감정이 서린 눈빛으로 적현자를 바라보다가 이윽고 확고한 그의 의지를 읽은 듯 한숨을 내쉬며 괜한 위협을 포기했다.

"대체 무슨 일이십니까, 사백님?"

적현자는 무심하게 답변했다.

"화운 사제가 있어야 할 것 같소이다, 장문방장."

자허진인이 예사롭지 않은 사태임을 직감한 듯 보다 더 신중한 모습으로 변해서 말했다.

"사부님께 전하실 이야기라도 그게 사백님의 운신과 관계된 것이라면 어차피 저의 귀에 들어와야 합니다. 사정을 헤아리시어 박하게 내치시지 마시고, 그냥 말씀해 주시는 것이 어떻겠습니까, 사백님?"

적현자는 그게 어쩔 수 없는 사실임을 인지하고는 쓰게 입맛을 다셨다.

"과연 장문인의 영민함은 노부가 도저히 따라갈 수가 없구려. 알겠소. 그냥 말하리다. 다름이 아니라 부탁이 있소이다. 이제 그만 노부의 백 년 구금을 거두어 주었으면 하오."

자허진인의 얼굴이 볼썽사납게 일그러졌다.

감당하기 어려운 충격에 더 없이 곤혹스러워하는 표정이었다.

애써 진정한 그가 말했다.

"사백님의 일백 년 구금은 아직 이십여 년의 기한이 남은 것으로 알고 있습니다만?"

적현자가 냉정하게 대꾸했다.

"그러니 부탁이지요."

자허진인이 대무당파의 장문방장답게 빠르게 평정을 되찾

으며 대답했다.

"사백님의 백 년 구금은 제가 아니라 선대의 결정으로, 이를 무마하려면 십대 장로와 집법당의 승낙이 떨어져야만 가능한 일입니다."

적현자가 익히 잘 알고 있다는 표정으로 고개를 끄덕이며 말했다.

"그러니 어서 필요한 조취를 취해 주시오. 늦어도 이틀 안에만 해결해 주길 바라겠소."

자허진인이 당황했다.

"해금(解禁)이 가능하고 가능하지 않고를 떠나서 이틀은 무립니다. 사백님! 지금 외부로 나가 있는 장로들의 귀환에 걸리는 시간만 해도 족히 열흘 이상은 걸릴 겁니다!"

"이틀!"

적현자는 거짓말처럼 싸늘해져서 말을 끊으며 힘주어 부연했다.

"정확히 이틀 내에 결정해 주어야겠소, 장문방장!"

자허진인이 거듭된 충격에 겨워 오히려 해탈한 것 같았다.

아니, 어쩌면 내내 드러내지 않던 그의 본색이 드러난 것인지도 모른다.

그는 언제 안절부절못했냐는 듯 사뭇 준엄한 기색으로 돌변해서 냉정하게 말했다.

"그건 곤란합니다, 사백님. 저는 대무당파의 장문방장으로

서 무릇 모든 일을 선대가 정해 주신 율법에 따라 처리해야 합
니다. 해서, 죄송하나, 부득불 사백님의 부탁은 들어드릴 수가
없겠습니다."

적현자가 알았다는 듯, 충분히 이해한다는 듯 태연히 고개
를 끄덕였다.

말도 그렇게 했다.

"그렇겠지."

그리고 태도를 바꾸었다.

"하나, 나도 사정이라는 게 있어서 어쩔 수 없군!"

자허진인이 적잖게 긴장해서 말했다.

"사백님, 이러지 마십시오! 사백님께서 왜 지금 이런 처지
에 있는지를 상기해 보시기 바랍니다!"

적현자가 비틀린 미소를 지었다.

"개 버릇 남 주겠나? 팔십여 년을 참았으면 노부 딴에는 아
주 많이, 아주 오래 참은 거다!"

말이 끝나기도 전에 그의 기색이 서서히 차갑게 변했다.

그만이 아니라 주변이 온통 그렇게 싸늘해졌다.

마치 장내에 북풍한설이 불어 닥쳐서 한 겹, 두 겹 서리가
내려앉는 것 같았다.

그리고 엄청난 압력이 생겨났다.

적현자의 전신에서 뿜어지는 기세가, 살기는 아니었으나
그에 버금가는 기운이 그렇듯 장내를 얼어붙게 만들며 엄청난

압력을 행사하고 있었다.

"사, 사백님!"

자허진인이 경악하며 주춤 물러났다.

가장 지근거리에 있어서 압력에 밀린 것인지 아니면 심상치 않은 기세에 스스로 물러난 것인지는 모르겠으나, 그의 뒤에 있던 여섯 명의 장로와 다섯 명의 일대 제자가 그 순간에 반응해서 일부는 앞으로, 다른 일부는 좌우측면으로 거리를 벌렸다.

적현자가 움직일 수 있는 사각을 봉쇄한 것이다.

모르긴 해도, 장문인을 보호하려는 본능이 발동한 것일 텐데, 적현자는 그걸 용납하지 않았다.

"감히……!"

순간적으로 적현자의 양손에 맺힌 화염이 이글거리는 뜨거운 열풍을 일으켰다.

무당파의 권장지학 중에서 가장 파괴적인 권법 중 하나인 구궁적양수(九宮赤陽手)였다.

"헉!"

자허진인을 비롯해서 움직임을 보이던 장로들과 일대 제자 모두가 신음을 삼키며 주룩 밀려 나갔다.

적현자가 특정한 누구를 겨냥해서 손을 쓴 것이 아니라 자신을 기점으로 구궁적양수의 기운을 확산시켜서 주변의 모두를 밀어낸 것이었다.

이유 여하를 막론하고 공격은 공격, 장로들과 일대 제자들이 그에 반응해서 일제히 검을 뽑을 때였다.

"그만, 그만. 누울 자리를 보고 다리를 뻗으랬다고, 다들 지금 상대가 누군지나 알고 검을 뽑아 드는 게냐?"

어디선가 들려온 창노한 음성이 장내를 가로질렀다.

동시에 무명곡의 입구에서부터 불어온 바람을 타고 새처럼 날아오는 노도사 하나가 있었다.

자허진인의 눈이 커졌다.

"사부님……!"

그렇다.

나타난 사람은 바로 현 장문인인 자허진인의 사부이자, 대외적으로 무당파의 최고 배분으로 알려졌으며, 무학(武學)에도, 자리에도 욕심이 없고 오직 선도(仙道), 외길만 정진한 도사라는 석년의 태청검객(太淸劍客) 화운자였다.

그 화운자가 자허진인을 비롯해서 뒤늦게 알아보며 고개를 숙이는 장로들과 일대 제자들에게 따가운 눈총을 주고는 이내 어이가 없다는 표정으로 적현자를 바라보며 혀를 찼다.

"성질머리하고는……! 하여간 예나 지금이나 망설이는 법이 없어요!"

적현자는 슬며시 불쾌해져 있던 기색을 감추며 화운자를 외면했다.

다른 사람은 몰라도 화운자에게만큼은 약한 그였다.

그 상태로, 그는 변명처럼 말을 흘렸다.

"팔십여 년을 참았다. 내 딴에는 오래 참은 거다."

화운자가 어련하겠냐는 듯 끌끌 혀를 차고는 제자이자, 장문인인 자허진인에게 슬며시 시선을 주며 말했다.

"그렇다는구려, 장문진인. 그리고 따지고 보면 사형의 저 말이 틀리지 않소이다. 이제 그만 풀어 줄 때도 되었으니 그리 하는 것이 어떻겠소, 장문진인?"

자허진인이 크게 떠진 눈을 끔뻑거릴 뿐 선뜻 대답하지 못했다. 너무 크게 당황한 기색이었다.

화운자가 그리 놀랄 필요 없다는 듯 웃는 낯으로 거듭 말했다.

"십대 장로의 반 수 이상이 여기 이 자리에 있으니, 나머지 장로들의 허락은 나중에 받는 것으로 하고, 그리합시다, 장문진인. 이 늙은 사부가 이리 고개 숙여 부탁하겠소."

사부이기 이전에 원론적으로 따지면 뇌옥에 감금되어 있어야 할 무당마검 적현자를 제외하면 무당파의 최고 원로이자, 최고령에, 최고의 덕을 인정받는 화운자의 간청이었다.

무엇보다도 그의 사부인 화운자는 여태 단 한 번도 그의 결정을 거부하거나 방해한 적이 없었다.

그런 화운자가 이러는 데에는 필유곡절이라는 뜻이었다.

자허진인은 결국 이건 아닌데 하면서도 어쩔 수 없이 양보하며 물러났다.

"사부님의 뜻대로……!"

"원시안진(元始安鎭)……! 고맙소, 장문진인!"

화운자가 도호(道號)를 읊조리며 두 손을 모아서 정중하게 고마움을 표시하고는 적현자에게 시선을 고정했다.

"방금 들었다시피 사형이 원하는 대로 되었소. 그러니 어디 제대로 된 이유나 한번 들어 봅시다."

온순한 인상의 그가 자못 사나워진 눈초리로 노려보며 따지고 들었다.

"대체 이게 무슨 일이오?"

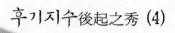

후기지수後起之秀 (4)

적현자는 대답 대신 돌아서 걸었다.

무명곡의 안쪽에 자리한 모옥을 향해서였다.

화운자가, 그리고 자허진인이 묵묵히 그의 뒤를 따라갔다.

적현자가 모옥으로 들어가서 문을 열어 놓고 주섬주섬 옷
가지를 챙겼다.

그리고 그제야 앞서 화운자가 던진 질문에 대답해 주었다.

"일전에 천하삼기와 비무를 한 적이 있었지."

화운자가 따가운 눈총을 주었다.

"마치 며칠 전에 벌어진 일처럼 말하는구려. 그거 팔십 년
도 더 된 일이잖소."

"여기 들어오자마자 벌어진 일이니, 대충 그 정도 되었지."

적현자는 대수롭지 않게 인정하며 설명을 이어 나갔다.

"아무튼, 그때 내가 그네들에게 이런 말을 했어. 도전은 언제든지 받아 주겠지만, 다음에는 이렇게 조용히 안 넘어간다, 지면 적어도 오 년은 내 밑에서 수발을 들 각오를 해라. 나도 그리하겠다, 라고. 그때만 해도 내가 젊은 혈기에 좀 기고만장했지."

화운자가 삐딱하게 적현자를 쳐다보며 쏘아붙였다.

"설마 천하삼기가 찾아왔고, 그들과 비무를 해서 졌다는 말을 하려는 거라면 그만두쇼."

"말이 안 되나?"

"당연히 말이 안 되지! 마른하늘에 날벼락도 유분수지, 그 옛날에 사라진 그들이 찾아왔다는 것도 말이 안 되지만, 설령 그들이 찾아왔다고 해도 사형이 비무에서 졌다는 것이 어디 가당키나 한 소리요!"

적현자가 전에 없이 웃으며 대답했다.

"날벼락이 떨어졌고, 그런 가당치 않은 일이 벌어진 걸 어쩌지?"

"정말 자꾸 장난칠 거요?"

화운자는 정말 믿지 않는 기색이었다.

적현자는 대구하지 않고 침묵한 채 꾸역꾸역 행랑을 꾸려서 등에 매고 밖으로 나섰다.

화운자가 버럭 고함을 쳤다.

"사형!"

적현자는 누런 이를 드러내며 화운자를 보았다.

"믿거나 말거나, 그들은 아니지만 그들의 공동 전인이 찾아왔고, 나는 졌다. 그래서 지금 오 년 동안 그의 종복 노릇을 해 주러 가려는 거다."

화운자가 잠시 물끄러미 적현자를 쳐다보다가 서서히 눈이 커지며 말을 더듬었다.

"서, 설마 그게 정말 사실이라는 거요?"

적현자는 새삼 누런 이를 드러내고 웃고는 손을 흔들며 발길을 서둘러서 장내를 벗어났다.

"약속을 지키게 해 줘서 고맙다. 사제의 이 원수는 돌아와서 기필코 갚도록 하지."

화운자는 귀신에 홀린 표정으로 더 이상 아무런 말도 하지 못한 채 멀어지는 적현자의 뒷모습을 망연자실 바라만 보고 있었다.

자허진인이 참다못해 그의 곁으로 다가와서 말했다.

"사부님, 외람된 말씀이오나, 아무래도 사백님께서……!"

"아니외다."

화운자가 말을 잘랐다.

"사실인 거요."

자허진인이 도무지 믿을 수 없다는 듯 끔뻑거리는 눈으로 화운자를 보았다.

화운자가 신음처럼 나직이 심호흡을 하며 폐허로 변해 있는 장내를 둘러보았다.

"흔적을 보고 혹시나 했소. 이건 아무리 봐도 사형이 과거 그날 이후 절대로 꺼내지 않던 본신의 절기까지 사용한 흔적이라서 말이외다."

"그거야⋯⋯!"

"아니오. 분명히 그들이나 혹은 그들의 전인이 아니면 사형은 본신의 절기를 꺼내지 않았을 거외다. 그게 노도의 부탁으로 그날의 일을 묵과해 주신 사부님과의 약속이었다오."

자허진인이 감추어진 과거의 비사를 듣고도 도무지 믿을 수도, 이해할 수도 없다는 표정으로 말했다.

"아무리 그럴지언정⋯⋯!"

"장문진인의 생각을 모르는 바는 아니외다."

화운자가 이번에도 넌지시 말을 끊으며 부연했다.

"싸움의 승패를 떠나서, 천하의 적현자, 무당파의 기조마저 흔들어 놓은 그 악명 높은 무당마검이 다른 누군가의 종복 노릇을 하러 간다는 것이 도저히 믿기지 않으시겠지. 그저 세상으로 나가고 싶어서 말도 안 되는 핑계를 대는 것이라는 생각이 드시겠지. 이해하오, 그 마음."

그는 희미하게 웃는 낯으로 고개를 저으며 부연했다.

"하나, 역시 아니외다. 이 늙은 사부가 선대 앞에서 맹세코 말하는데, 그들이라면 혹은 그들의 전인이라면 사형은 그럴 수 있소."

자허진인이 더 없이 진중한 화운자의 말에도 끝내 의심의
끈을 늦추지 못하며 물었다.

"어찌하여 그렇습니까?"

화운자가 말했다.

"과거 그 당시 사형과의 비무에서 패하고 돌아가던 천하삼
기는 소림사의 사대금강이 이끄는 십팔나한(十八羅漢)에게 제압
당해서 불가해(不可解)의 영역이라는 소림사의 참회동에 가두어
졌소. 소림이 왜 그들을 구금한 것인지는 모르겠으나, 그들이
구금당할 수밖에 없는 이유는 노도도 알고 있지요."

"설마……?"

자허진인이 눈치 챈 기색으로 눈을 끔뻑였다.

화운자가 씁쓸한 기색으로 말을 받았다.

"설마가 아니라 사실이오. 그들은 사형과의 비무로 인해 적
잖은 내상을 입은 상태였소. 그렇지 않았다면 제아무리 소림의
사대금강과 십팔나한이 나섰다고 해도 그들을 제압하기는 매
우 어려웠을 것이오."

"음!"

자허진인이 침음을 흘리며 조심스럽게 물었다.

"설마 그 일이 누군가의 계략으로 보시는 겁니까?"

화운자가 속을 알 수 없게 어색한 미소를 흘리며 대답했다.

"그전에도 그와 유사한 일이 있었으니, 그리 의심하는 것도

무리는 아닐 거요. 하나, 그런 건 중요하지 않소, 장문인. 그 일이 누구의 계략이든 아니면 단지 우연이었든 간에 그로 인해 그들이 소림사의 참회동에 감금당했고, 그 이후 여태까지 행적을 알 수 없었다는 것이 중요할 뿐이오. 바로 사형의 입장에서는 말이오."

자허진인이 고개를 갸웃했다.

"제자가 알기로는 소림이 그 이후 그들을 관으로 넘겼다고⋯⋯!"

"그건 그저 소문이지요."

화운자가 넌지시 말을 끊고는 사뭇 준엄한 눈빛을 드러내며 부연했다.

"소문은 그저 소문일 뿐이라, 그 어느 것도 확신할 수 없는 일이 아니겠소. 실제로 소림은 그 일에 대해서 한 번도 공식적인 견해를 내놓은 적이 없고 말이외다. 아니 그렇소, 장문진인?"

"아, 예⋯⋯ 그렇습니다, 사부님."

자허진인이 더는 토를 달지 않고 즉시 인정했다.

사실 여부를 떠나서 무당파의 장문방장이 정확하게 확인되지 않은 세간의 소문을 사실처럼 언급하는 것은 절대로 금해야 할 일이었다.

지금 화운자는 얼떨결에 그와 같은 불문율을 무시해 버린 제자를 준엄하게 꾸짖은 것이다.

그러나 자허진인은 아무리 그래도 이렇게 무조건 수긍하며 물러날 수는 없었다.

그에게는 대무당파의 장문방장으로서 맡은 바 소임을 다하려면 설령 상대가 하늘 같은 사부일지라도 능히 거역할 수 있는 책임감이 있었다.

"하나, 사부님. 빈도는 모든 것을 다 감안하더라도 사백님의 말을 의심해야 하는 위치에 있습니다. 하여, 빈도는……."

화운자가 슬쩍 말을 가로챘다.

"그마저도 사형의 거짓일 수 있고 생각하시오?"

자허진인은 부정하지 않았다.

"예, 그렇습니다. 팔십여 년의 세월은 결코 적은 시간이 아닙니다. 제아무리 사백님이 가지신 당시의 결의가 철옹성 같다 하여도 능히 무너트릴 수 있는 시간이라는 것이 빈도의 소견입니다, 사부님."

화운자가 폐허로 변한 장내를 둘러보며 말했다.

"이 상황을 보고도 그런 생각을 한다는 거요?"

자허진인은 단호하게 대답했다.

"누군가 사백님을 찾아왔고, 비무가 벌어졌다는 것은 부정하지 않습니다. 다만 상대가 누구고, 어느 정도의 경지를 이룬 고수인지와 무관하게 사백님이라면 얼마든지 이정도 상황을 꾸밀 수 있습니다. 빈도가 아는 사백님은 능히 그 정도의 고수이시니까요."

화운자가 끌끌 혀를 차며 꼬집어 말했다.

"괜히 구차하게 돌려 말하지 말고 그냥 있는 그대로 말해도 되오. 즉, 사형이 상대에게 일부러 져 준 거라 이거 아니오?"

자허진인은 계면쩍은 표정일망정 굴하지 않고 대답했다.

"다시 말씀드리지만, 팔십여 년의 세월은 장대한 시간이라, 그 어떤 각오도 충분히 무너트릴 수 있다는 것이 저의 소견입니다."

화운자가 싱긋 웃었다.

"그렇다고 치고, 어디 한번 우리 같이 생각해 봅시다. 장문인은 소란에 놀라서, 아니, 정확히 말해서 무언가 강렬한 경기가 충돌하는 소리를 듣고 여기까지 오는 데 얼마나 걸렸소?"

잠시 생각하던 자허진인의 안색이 서서히 굳어져 갔다.

화운자의 질문을 듣자 무언가 스스로 생각해도 모순된 점을 느낀 것인데, 그래도 대답은 했다.

"대략 반각(半刻 : 7분 30초가량)인 것으로 생각됩니다."

화운자가 그럴 줄 알았다는 듯 의미심장한 미소를 지으며 새삼스레 폐허로 변한 장내를 둘러보았다.

"그래, 그럼 장문진인께서는 어느 정도의 고수라야 이 정도의 흔적을 남기려는 사형을 상대로 반각을 버틸 수 있을 것 같소이까?"

"쉬운 일이 아니긴 하나, 사백께서 작심하고 나선다면……."

"그러니까……."

화운자가 웃음기를 지우며 잘라 말했다.

"하는 말이외다. 상대가 누구냐를 떠나서 반각 안에 이 정도를 꾸밀 수 있는 고수가 바로 적현자 사형이요. 그런 사형이 싫다 하고 나서면 진정 막을 수 있겠소, 장문진인?"

"……!"

자허진인은 전혀 생각해 보지 않은 방향의 질문이었는지 당황한 기색으로 선뜻 대답하지 못했다.

화운지가 대답을 기다리지 않고 다시 말문을 열었다.

"장문진인께서 밀궁(密宮)의 그림자들을 동원했음은 노도도 이미 알고 있소. 노도가 간파한 것을 사형이 모른다는 것은 말이 안 되니, 그건 굳이 언급할 필요도 없을 테고……."

잠시 말꼬리를 흐린 그는 미소 띤 얼굴임에도 더 없이 진중하게 다시 말했다.

"장문진인, 내 다시 한번 주지시켜 드리오만, 적현자 사형이 왜 무당마검인지를 기억하시오. 과거 사형의 고집을 꺾기 위해서 우리 무당파가 어떤 피해를 감수했는지 잊지 마시라는 뜻이오."

자허진인은 실로 말문이 막혀 버렸다.

귀에 못이 박이도록 하도 들어서 직접 경험해 보지 않았음에도 불구하고 직접 경험해 본 것처럼 당시 피를 뿌리던 무당마검의 모습이 눈에 선했기 때문이다.

화운자가 그런 그를 지그시 바라보며 힘주어 말을 더했다.

"막지 못할 거라는 소리가 아니외다. 막으려면 그 피해가 장문진인께서 감당하기 어려울 정도로 막대할 것이라는 소리외다."

자허진인은 지그시 입술을 깨물었다.

"하지만……!"

화운자가 강경하던 어조를 부드럽게 낮추며 타일렀다.

"사형의 무공은 다른 누구보다도 노도가 가장 잘 알고 있다고 자부하외다. 하지만 그대로 막았다면 장문진인께서는 매우 힘들어졌을 것이오."

자허진인은 그래도 못내 아쉽다는 듯 말했다.

"하지만……!"

화운자가 한숨을 내쉬며 위로하듯 말했다.

"비무에서 패해서 약속을 지켜야 한다는 사형의 말 자체가 그저 이곳을 벗어나려는 기만일 수도 있소. 애초에 일부러 패했을 수도 있을 것이오. 하지만 이유 여하를 막론하고 그런 핑계를 대는 것 자체가 아직은 사형이 무당의 규율을 어려워하며 겁내고 있다는 뜻이고, 노도는 그것으로 만족하오. 그마저 두려워하지 않는 사형은 노도조차 도저히 감당할 수 없기 때문이오."

자허진인은 곤혹스러운 표정일망정 묵묵히 고개를 끄덕였다. 이제야 완전히 수긍하고 인정해 모든 것을 내려놓는 것이었다.

화운자가 그런 그의 태도와 무관하게 새삼 폐허로 변한 장내를 둘러보며 말했다.

"……해서, 노부는 그보다 조작이든 아니든 간에 사형을 상대로 이만큼의 격전을 벌일 수 있는 고수가 무림에 있다는 사실이 더욱 놀랍구려."

자허진인은 그 말에 정신을 차렸다.

확실히 이건 이것대로 문제였다.

그는 잠시 깊게 생각해 보다가 화운자를 향해 불쑥 물었다.

"북련의 행사에 보다 적극적으로 참여하는 것이 좋을까요?"

"상대가 북련이나 남맹의 고수일 수도 있다고 보시는 게요?"

화운자의 확인에 자허진인은 인정했다.

"가능성의 문제이긴 합니다만, 상대가 천하삼기의 전인이든 아니든 그쪽으로의 가능성이 가장 높다고 생각합니다."

"실로 천하삼기의 전인이라면 그건 배제해도 좋을 것이오. 체면이나 관습, 격식, 구속 따위에 얽매이는 것을 더 없이 혐오하던 천하삼기의 전인이 세력 다툼에 나서는 일은 극히 희박할 테니 말이외다."

"보통의 세력 다툼이 아니라, 중원이 반으로 갈라져서 싸우는 대전입니다. 하물며 높은 자리에 있을수록 야망이 큰 법이 아니겠습니까."

화운자는 오만상을 찡그렸다.

"권력을 잡고 흔드는 자들의 놀음에 놀아나는 것은 딱 질색이지만……."

그는 싫지만 어쩔 수 없다는 듯 긴 한숨을 내쉬며 말을 이었다.

"확인해서 나쁠 것은 없겠소그려."

자허진인이 오늘 이 자리에 나선 이후 처음으로 기꺼운 미소를 지었다.

"하면, 제가 알아서 처리해 보도록 하겠습니다."

"원시안진(元始安鎭)……!"

화운자가 도호를 읊조리는 것으로 수긍을 표시하며 돌아섰다. 그리고 말했다.

"다 괜찮으나, 행여 사형의 뒤를 밟는 우를 범하지는 마시구려. 그건 정말이지 심히 우려되는 일이외다."

"여부가 있겠습니까. 걱정하지 마십시오, 사부님."

자허진인은 말 그대로 여부가 있겠냐는 듯 기꺼운 얼굴로 대답하며 고개를 숙였다.

그러나 화운자가 저 멀리 사라지자, 그는 얼굴의 웃음기를 지우며 태도를 싹 바꾸었다.

"사사무(社思武)!"

어디선가 누군가가 대답했다.

"옙, 장문인!"

자허진인은 그대로 서서 화운자가 사라진 방향에 시선을 고정한 채 물었다.

"사백님의 일거수일투족을 감시할 만한 제자가 밀궁에 있는가?"

암중의 목소리, 사사무가 대답했다.

"지근거리만 아니라면 가능합니다."

"······가능하다?"

"제가 나서야 합니다."

"······!"

자허진인의 눈가에 경련이 일어났다.

그는 이내 진정하며 품에서 꺼낸 자색의 대나무 조각을, 바로 무당파의 신물인 자반죽간(紫斑竹簡)을 손에 들고 강하게 명령했다.

"가라! 지금 이 순간부터 사백님의 일거수일투족을 감시하고 내게 보고하도록!"

⁂

무당산을 벗어나서 균현으로 들어가는 초입에는 작은 실개천 하나가 흐른다.

내하(奶河)라 부르는 그 실개천을 건너는 작은 목교(木橋)가 회선교이며 그 곁에 세워진 낡은 객잔이 바로 백운객잔이다.

강호를 여행해 본 사람은 다들 알겠지만, 도심을 벗어난 지역에서는 객잔이나 반점, 주루라는 이름은 그다지 의미가 없었다.

어느 곳이든 술과 밥을 팔고, 도박장과 침소가 있으며, 원한다면 여자를 제공하기 때문이었다.

백운객잔도 그랬다.

삼 층의 전각과 후원에 하나의 별채를 가졌는데, 일 층에서는 밥과 술을 팔고, 이 층에서는 도박과 여자를, 삼 층이 침소를 제공하는 공간이었다.

무당마검 적현자와 헤어지고 무당산을 내려와서 거기 백운객잔에 들어선 설무백은 눈치 빠르게 생긴 젊은 장궤(掌櫃 : 지배인)에게 그와 같은 설명을 들으며 후원의 별채로 들어갔다.

보통의 경우 후원의 별채는 특별한 손님을 위한 장소이며, 그 특별함을 나누는 기준은 바로 돈이었다.

설무백은 그와 같은 사실을 익히 잘 알고 있었고, 오랜 여행의 중간임에도 불구하고 그에게는 충분한 노자가 남아 있었다.

예상치 못하게 자취를 감추거나 사라진 이들로 인해 쓰지 않은 돈이 그대로 남은 것이다.

"다른 손님은 들이지 말고, 식사는 나중에 우리가 객청으로 가서 먹도록 할 테니, 이쪽으로는 관심을 두지 않아도 좋소. 무슨 말인지 알겠지요?"

"여부가 있겠습니까. 각별히 주의를 기울이도록 하겠습니다."

설무백의 당부를 들은 장궤는 넙죽 허리를 접으며 대답하
고는 혹시나 그의 마음이 바뀔 것이 두려운 사람처럼 서둘러
자리를 떠났다.

장궤가 안내한 별채에는 저마다 다른 출입구를 가진 방이
네 개나 있었다. 그가 장궤에게 건넨 은자는 그만큼 넉넉했던
것이다.

"저는 이 방을 쓰지요."

설무백이 안쪽의 방을 선택해서 들어가며 쳐다보자, 공야
무륵이 당연하다는 듯이 바로 옆방을 선택했다.

설무백은 공야무륵이 같은 방을 쓰겠다고 우기지 않는 것
만으로도 다행이라고 생각하며 방에 들어갔다.

서너 평 남짓한 아담한 방이었다.

설무백은 그대로 침상에 누워서 잠시 휴식을 취했다.

씻고 먹는 것조차 귀찮을 정도로 전신이 물먹은 솜처럼 무
겁고 나른했다.

내색은 삼갔으나, 무당마검 적현자와의 비무가 그에게 엄
청난 피로감을 주었던 것이다.

특히나 오랜만에 전력을 다하는 바람에 흥에 겨워서 막판
에 욕심낸 어창술은 정말이지 과욕이었다.

여차했으면 심대한 내상을 입어서 사태가 전혀 다르게 돌아
갔을지도 몰랐다.

승패를 떠나서 심대한 타격을 입었을 터였다.

그러나 그게 엄연한 진실임에도 불구하고 지금의 그는 매우 기분이 좋았다.

예상치 못하게 비무에 걸린 약속으로 인해 천하의 무당마검을 종복으로 부리게 되었으나, 그 때문은 아니었다.

무당마검과의 싸움에서 흥에 겨운 그가 부지불식간에 저지른 과욕인 어창술 때문이다.

인생사 새옹지마(塞翁之馬)라고 했던가?

당시 그가 펼친 어창술이 바로 그랬다.

그건 분명한 실수고, 과욕이긴 했으나, 그 덕분에 그는 새로운 심득을 얻었다.

그도 그럴 것이, 전부터 그는 태산파의 조사전에서 얻은 무명의 검법을 다각도로 파헤쳐서 심층적으로 분석하고 있었으나, 오직 머릿속으로만 그러고 있었을 뿐, 무의식중에 펼친 그날 이후 지금까지 한 번도 실제로 펼쳐 본 적이 없었다.

마땅히 시간적인 여유도 없었지만, 그에 앞서 아직은 출수와 회수가 완전하지 않다고 느낀 까닭이었다.

그런데 가용할 수 있는 모든 전력을 드러낸 이번 무당마검과의 대결에서 그는 너무 도취된 나머지 자신도 제대로 의식하지 못하는 사이에 과욕을 부려서 혹은 충만해진 혈기를 감당하지 못해서 그 무명의 검법을 펼쳤고, 성공했다.

비록 중도에 자신의 살의를 느끼고 멈추는 바람에 내상을 입기는 했지만 말이다.

'그것도 창으로!'

이건 정말 놀라운 비약이었다.

그동안 이런저런 방법을 모색하는 와중에 성공할 수 있다는 가능성을 엿보긴 했으나, 이건 엄연한 실제였다.

비록 무심결이긴 해도, 그는 엄연히 가능성과 실제의 차이를, 바로 이상과 현실의 벽을 뛰어넘었다.

소 뒷발에 쥐가 밟힌 것처럼 우연찮게 벌어진 일이긴 하나, 그는 지난날 전무후무한 대공인 천기혼원공을 성취했듯 오늘은 본의 아니게 어창술의 심득을 얻은 것이다.

특히 무엇보다도 놀랍고 더 흥분되는 것은 이게 다가 아니라는 사실이었다.

기실 설무백은 그동안 태산파의 조사전에서 얻은 이 무명의 검법을 단순히 검만이 아니라 도와 창 등, 모든 병기에 도입해 보며 연구하고 있었다.

그리고 오늘, 그와 같은 노력이 결실을 보였다.

이제 그는 어느 정도의 시간만 주어진다면 검도창 등 모든 병기를 아우르는 공전절후한 어기술(御器術) 혹은 이기어술(以氣御術)을 성취할 수 있게 된 것이다.

설무백은 절정의 쾌락처럼 새삼 찾아온 흥분감에 절로 몸서리를 치며 침상에서 벌떡 일어나 앉았다.

'우선은 내상 치료부터!'

생각 같아서는 지금 당장이라도 다시 한번 어기술을 시전해 보고 싶었지만, 우선은 내상 치료가 먼저였다.

그리 심각한 내상은 아니었다.

그대로 두어도 자연히 치유될 수 있는 정도의 내상이라 무시해도 상관없었다.

하지만 그는 서두르고 싶지 않았다.

맛있는 음식을 아껴 두었다가 나중에 먹으려는 것과도 같은 감정, 일종의 치기였다.

그는 보다 완벽한 상태에서 천우신조(天佑神助)의 기회로 깨달은 어기술을 펼쳐 보고 싶었다.

그런데 어째 그렇게는 안 될 모양이었다.

빠르게, 그러면서 은밀하게 그를 향해 다가오는 인기척이 하나 있었다.

"……?"

어리둥절하던 설무백은 이내 절로 미간을 찌푸리며 한숨을 내쉬었다.

상대는 이틀 후에 오겠다던 무당마검 적현자이었고, 왠지는 몰라도 새삼 그를 노리고 있었다.

고도로 정제된 기운을 안으로 갈무리한 채 기민한 속도로 다가오는 기세가 그것을 말해 주었다.

'왜지?'

설무백의 의문과 무관하게 빠르게 다가와서 후원에 들어선 적현자의 기척이 마치 호흡을 고르듯 또는 그의 위치를 찾는 듯 잠시 멈추었다가 이내 시위를 떠난 화살처럼 날아왔다.

파직—!

순간적으로 창문을 박살 내며 쇄도한 적현자의 기세가 설무백이 앉아 있던 침상에 작렬했다.

침상이 반으로 접히며 납작하게 주저앉았다.

당연하게도 설무백은 이미 그 자리에 없었다.

화살처럼 쇄도하는 적현자의 기세와 같은 속도로 물러난 그는 이미 문가에 서서 경기가 이글거리는 장심을 내려쳐 침상을 부숴 버리는 적현자의 행동을 물끄러미 바라보고 있었다.

"그게 무당면장(武當綿掌)인가요?"

본능처럼 고개를 돌려서 그를 바라본 적현자가 누런 이를 드러내며 웃었다.

"그래, 제대로 보았다."

말과 동시에 그의 손이, 정확히는 곧게 뻗어진 다섯 손가락이 설무백을 가리켰다.

다섯 개의 기운이 발출되었다.

설무백은 반사적으로 손바닥을 들어서 그 기운을 막았다.

따다닥—!

메마른 폭음이 터졌다.

단단한 자갈이 연속해서 깨지는 듯한 그 소리와 함께 설무백의 손바닥에서 한줄기 연기가 피어났다.

적현자가 감탄했다.

"구철마수!"

설무백은 태연하게 말을 받았다.

"그건 무당오행지(武當五行指)같네요."

적현자의 눈썹이 지렁이처럼 꿈틀했다.

동시에 그의 신형이 메뚜기처럼 튀어 오르며 측면의 벽을 찼다.

그때.

쾅─!

폭음이 터지며 적현자가 디딘 벽이 아닌 다른 벽이, 정확히는 옆방 쪽의 벽이 와르르 무너졌다.

공야무륵이었다.

소란을 들은 그가 대번에 벽을 깨부수며 들이닥친 것이다.

설무백은 누가 당긴 것처럼 옆으로 미끄러지는 것으로 적현자의 공격을 피하며 그런 공야무륵을 향해 소리쳤다.

"나서지 마!"

적현자를 보고 어느새 쌍 도끼를 뽑아 든 공야무륵이 움찔하며 물러났다.

그사이 간발의 차이로 설무백을 놓친 적현자의 쌍수가 헛되이 허공을 갈랐다.

화끈한 열기가 공기를 달구고 있었다.

"그건 구궁적양수(九宮赤陽手)로군요. 무당의 양강진력(陽剛眞力)이 소림만 못하다는 소문은 역시나 헛소리였네요. 정말이지 굉장한 걸요."

설무백은 입으로 뱉어내는 감탄과 무관하게 면전을 스쳐지나 가는 적현자의 손을 눈으로 쫓으며 손을 내밀었다.

순간적으로 낚아채려는 것이었다.

"흥!"

적현자가 코웃음을 쳤다.

그의 손이 좌우로 흩어지는 순간적인 변화를 일으키며 설무백의 손을 피해 반전했다.

역으로 설무백의 손을 잡아채려는 수법이었다.

"이건 뭐 같으냐?"

설무백은 표적을 놓쳐 버린 손을 재빨리 당기고 그의 공격을 회피하며 대수롭지 않게 대답했다.

"무당파에 이런 변화를 추구하는 권법은 대솔비수(大率碑手)밖에 없죠."

적현자의 손이 그 순간에 길게 늘어나는 것과도 같은 변화를 일으켰다.

설무백은 당겼던 손을 한순간 다시 내밀어서 그의 손을 마주했다.

두 사람의 손과 손이 사납게 충돌했다.

꽝—!

폭음이 터졌다.

조각난 경기가 사방으로 비산하는 가운데, 벽이 무너지고 천장이 날아갔다.

적현자의 안색이 딱딱하게 굳어졌다.

설무백의 대답이 맞은 것도 맞은 것이지만, 격돌의 여파로 인한 충격이 예상을 뛰어넘은 까닭이었다.

그는 저릿한 느낌으로 마비를 일으키는 손을 의지와 무관하게 당겼다. 그러나 그의 손은 마주쳤던 설무백의 손과 조금도 거리를 벌리지 못했다.

설무백의 손이 물러나는 그의 손을 기민하게 따라붙었기 때문이다.

"권법이라면 저도 좀 합니다."

거무튀튀한 빛깔에 검붉은 화염이 맺힌 그의 손이 순식간에 적현자의 손을 움켜잡았다.

구철마신의 철권으로 청마수의 기운을 담아서 펼치는 야신의 공명십팔수의 한초식이었다.

"잊으셨나본데, 저 천하삼기의 제자예요."

적현자가 빠르게 물러나며 그의 손을 뿌리쳤으나, 소용없었다.

몸은 물러나고 손은 빠져나가지 못한 까닭에 그는 절로 엉거주춤한 자세가 되어 버렸다.

설무백은 그런 적현자를 무지막지한 공력의 힘으로 당겨서 면전에 세우며 물었다.

"대체 무슨 심사가 뒤틀려서 이러시는 겁니까?"

적현자가 잠시 대답을 뒤로 미룬 채 망연자실하게 자신의 손목을 움켜잡은 설무백의 손을 응시했다.

검붉은 화염이 맺힌 설무백의 손아귀에 들어간 그의 손은 그야말로 꼼짝도 하지 못하고 있었다.

이윽고, 그의 입에서 신음과도 같은 한마디가 흘러나왔다.

"……확인, 아니 검증한 거다."

"무슨 검증이요?"

설무백이 반문하자, 그가 고개를 들고는 한결 홀가분해진 얼굴로 미소를 지었다.

"그래 검증. 아까 내가 혹시나 무언가에 홀렸나 해서. 한데, 역시나 아니군."

"뭐가 아니라는 거예요?"

"무언가 이상하다는 느낌이 들었었다. 그네들과는 조금 다른 기풍이 네게서 느껴졌으니까. 그런데 이제 알 것도 같다. 아무래도 그건 네가 그네들의 절기를 대성했을 뿐만 아니라, 그에 따른 변초마저 마음대로 구사할 수 있는 경지에 올랐기 때문인 같다. 그것 말고는 달리 너를 설명할 수 있는 방법이 없으니……."

그는 새삼 깊은 한숨을 내쉬며 고개를 절레절레 흔들다가 다시금 설무백을 뚫어지게 응시하며 감탄을 더했다.

"게다가 이마저 전력이 아닌 것으로 보이니, 참으로 놀랍기 짝이 없구나. 대체 네 녀석 같은 괴물이 어떻게 생겨난 것일까?"

설무백은 대수롭지 않게 그의 감탄 어린 질문을 무시하며 넌지시 타박했다.

"종복이 주인에게 네 녀석 운운하는 건 좀 너무하지 않나요? 설마 거듭 시험만 해 보고 약속은 지키지 않겠다는 건 아니죠?"

적현자가 코웃음을 치며 그를 외면했다.

"그네들과의 약속에 존칭을 써야 한다는 조항은 없다."

설무백은 사실이 그렇다면 어쩔 수 없다는 듯 고개를 끄덕이며 말문을 돌렸다.

"어쨌거나, 빨라야 이틀 걸린다는 주변 정리가 어떻게 벌써 다 끝난 겁니까?"

적현자가 퉁명스럽게 대꾸했다.

"어쩌다보니, 그렇게 됐다."

설무백은 무언가 사연이 있을 거라는 느낌은 받았으나, 굳이 따지지 않고 수긍했다.

"알겠어요. 그럼 더 이상 여기 머물 필요가 없겠네요. 가죠. 먼저 나가 있을 테니, 정리하고 나오세요."

"정리……?"

적현자가 이해를 못한 듯 어리둥절해했다.

설무백은 난장판으로 변한 방과 무너진 벽, 사라진 천장을 둘러보았다.

그리고 다시 저만치 멀리 떨어져서 두려운 기색과 불쌍한 표정으로 그들의 눈치를 보고 있는 젊은 장궤를 일별하며 말했다.

"대충 은자 대여섯 냥이면 해결될 것 같네요."

"아, 아니 저기, 나는……!"

"문밖에서 기다릴게요."

설무백은 크게 당황하는 적현자를 아무렇지도 않게 외면하며 돌아섰다.

적현자가 본능적인 신법으로 바람처럼 이동해서 그의 전면을 막아서며 두 팔을 벌렸다.

그럴 수밖에 없는 것이 지금 그는 한 푼의 동전도 가지고 있지 않은 것이다.

"……?"

설무백은 당연히 그걸 알고 있지만, 아무것도 모르는 척, 마치 왜 그러냐는 듯이 천연덕스럽게 그를 바라보았다.

적현자가 잠시 그를 노려보다가 이내 어쩔 수 없다는 듯 한숨을 내쉬며 물었다.

"원하는 게 뭐냐?"

설무백은 특유의 미온한 미소를 지으며 말했다.

"제어되지 않는 종복은 종복이 아니지요. 그러니 존칭 같은 것은 아무래도 좋지만, 적어도 제 말은 무조건적으로 따라주셔야 합니다. 지금 이 자리에서 그것만 약속해 주세요."

적현자가 묘하게 비틀린 미소를 지으며 투덜거렸다.

"그게 싫으면 약속이고 뭐고 상관없으니 그냥 꺼져라 이 말이겠지?"

설무백은 굳이 부인하지 않았다.

"어차피 없던 종복입니다. 내가 아쉬울 것이 뭐가 있겠습니까."

적현자가 가늘게 좁힌 눈가로 잠시 그를 지그시 바라보다가 천천히 고개를 끄덕였다.

"약속 하나 지키지 못하는 놈으로 살 수는 없는 일이지. 좋아, 약속하마. 지금 이 순간부터 무슨 일이 있어도 네 지시에 따르도록 하겠다."

설무백은 미온한 미소 속에 두말없이 벌벌 떨고 있는 장궤의 손에 무너진 별채를 보수할 은자를 쥐어 주고 길을 나섰다.

느긋한 행보임에도 불구하고 그들은 보름이 지나기 전에 난주에 입성해서 풍잔에 도착했다.

예상대로 풍잔은 난리도 아니게 어수선했다.

풍잔에는 적현자의 정체를, 즉 무당마검을 아는 사람이, 그것도 악연을 가진 맺은 사람이 있어서 더욱 그랬다.

난주로 입성하는, 정확히는 입성하려고 하는 설무백을 가장 먼저 맞이한 것은 대외 정찰 임무를 수행하던 풍령대의 삼령 중 은검령인 화사였다.

설무백은 난주의 동부 쪽으로 이어진 관도로 진입했는데, 열한 명의 광풍대원으로 구성된 화사의 은검령대가 마침 그쪽 구역을 순찰하고 있었던 것이다.

그때까지만 해도 적현자는 매사에 그러려니 하는 모습이었다.

호들갑스러운 화사와 하나같이 무당파의 제자들과 비교해도 절대 꿀리지 않을 광풍대원들의 기도에 잠시 이채로운 눈빛을 드러내긴 했으나, 그게 다였다.

설무백의 능력을 감안하면 이 정도의 무인들이 곁에 있다는 사실이 그다지 대수롭지 않다는 듯한 모습이었다.

성내로 들어서기도 전에 마중 나온 사문지현과 엄비연, 그리고 모습을 드러내지 않고 암중에서 그녀들을 따라왔다 잠시 모습을 드러낸 혈영과 사도를 보았을 때도 다르지 않았다.

상당한 경지의 무인들을 수하로 거느렸다는 점에서 못내 이채로운 기색을 드러내긴 했으나, 그 이상도 그 이하도 아니었다.

그러던 적현자의 기색이 서서히 바뀌기 시작한 것은 성내로 들어선 다음이었다.

거리에서 마주치는 모든 사람들이 설무백을 보고 또는 그와 동행하는 사람들을 향해 알은척하며 반겼다.

얼마 지나지 않아서는 제법 힘깨나 쓸 법한 흑도들이 하나

둘씩 허겁지겁 나타나서는 콧등이 땅에 닿도록 허리를 접어서 인사하며 조용히 뒤를 따르기 시작했다.

적현자는 이게 뭔가 싶었다.

매우 당황스럽고, 적잖게 놀라웠다.

길에서 마주치는 사람들도 그랬지만, 그들 흑도의 무리도 겁을 먹거나 해서, 즉 싫지만 어쩔 수 없이 고개를 숙이는 것이 아니라 기꺼이 반기는 모습이라 더욱 그랬다.

난주가 비록 변방에 위치해 있기는 하나, 결코 작은 도시가 아닌데, 이건 마치 대과에 급제(及第)하고 금의환향(錦衣還鄕)하는 촌락의 모습처럼 보여서 적현자의 입장에선 실로 어리둥절하기 짝이 없었다.

그러나 그와 같은 감정은 그리 오래가지 않았다.

이윽고 도착한 풍잔에서 그를, 바로 무당마검을 알아보는 사람이 있었기 때문이다.

"참으로 다양도 하시지, 이번에는 꼬부랑 노인네군요."

어느 경로를 통해서 연락을 받았는지는 몰라도, 대력귀와 함께 앞마당으로 마중 나온 제갈명이 인사 대신 툴툴거릴 때였다.

"강호에는 아이와 여자와 노인은 조심하라는 오랜 격언이 있지. 아무리 봐도 보통 노인네로 보이진 않으니, 조심하는 게 좋을 거다, 너."

환사였다.

그의 뒤를 따라 나온 천월이 예리한 눈초리로 적현자를 주시하며 말을 받았다.

"과연 그렇군. 늙은이가 아주 보통 내기가 아닌 걸 그래?"

제갈명이 움찔하며 눈치를 보았다.

쌍괴가 비록 감당할 수 없을 정도로 천방지축이긴 해도, 설무백 앞에서는 농담으로도 거짓이 없는 사람이며, 무엇보다도 사람 하나는 제대로 본다는 것을 그도 이제 익히 잘 알고 있었기 때문이다.

그가 새삼스러운 시선으로 적현자를 살펴보는 사이, 풍사와 천타 등 광풍대원들이 줄줄이 나타나 설무백을 맞이했다.

적현자가 그 와중에 불편한 심기를 드러냈다.

"이놈은 누구고, 쟤들은 누구냐?"

이놈은 제갈명이고, 쟤들은 환사와 천괴 등이었다.

그의 시선이 그렇듯 그는 차례대로 그들을 둘러보고 있었다.

"말본새가 한번 해 보자는 것 같은데 그래?"

환사가 누른 이를 드러내며 소매를 걷어붙이고 있었다.

제갈명은 몰라도 쌍괴는, 특히 그중 환사는 어느 누구에게도 얘나 쟤 소리를 듣고 그대로 참아 넘길 사람이 아니었다.

그러나 그가 나설 틈이 없었다.

"안녕!"

낭랑한 목소리가 들려옴과 동시에 설무백의 한쪽 어깨에서 새처럼 쪼그리고 앉은 요미가 나타났다.

말 그대로 도깨비처럼 홀연한 모습이었다.

그리고 그 뒤를 이어서 누가 들어도 수다스러운 목소리들이 동시다발적으로 들여왔다.

"거봐, 내 말이 맞지?"

"네 말만 맞냐? 내 말도 맞은 거지. 나도 그랬잖아, 최고로 이상한 녀석을 데리고 올 거라고."

"너만 그랬냐? 나도 그랬다."

"누가 그랬던지 간에 쟤가 늙었을 뿐이지 그렇게 이상한 녀석은 아니지 않나?"

"이상한 녀석이 객지 나와서 고생한다. 니미……!"

반천오객이었다.

그들은 어디서 무엇을 하고 있다가 나왔는지 후줄근한 모습으로 주절대며 풍잔의 문밖으로 우르르 나서고 있었다.

적현자가 잠시 환사에게 팔렸던 시선을 거두며 이건 또 뭐냐는 식으로 반천오객을 쳐다보았다.

"얘들은 또 뭐냐?"

환사가 그랬던 것처럼 반천오객도 못내 불쾌한 기색이 서린 눈빛으로 적현자를 훑어보았다.

그들 역시 '얘는 뭐지' 하는 반응들이었다.

장내의 분위기가 한층 더 어색하게 변해 가는 가운데, 천월이 불쑥 말했다.

"나 왠지 저 인간이 누군지 알 것 같다."

장내의 모든 시선이 천월을 향해 돌아갔다.

가장 먼저 시선을 던진 환사가 물었다.

"누군데?"

설무백은 슬쩍 두 손을 들어서 천월의 말문을 차단하며 중재에 나섰다.

"자, 자, 여기서 이러지 말고, 안으로 들어가죠. 누가 보면 난리라도 난 줄 알겠네요."

장내의 분위기가 순식간에 바뀌었다.

장내의 모두가 수긍하며 고개를 끄덕이거나 조용히 입을 다문 채 물러나고 있었다.

설무백의 말은 명령도, 지시도 아니었으나, 장내의 그 누구도 거역하거나 무시하지 못하는 것이었다.

적현자의 새삼스러운 눈초리로 설무백을 바라보았다.

그럴 수밖에 없는 것이, 그가 굳이 내색을 삼가고 있을 뿐, 지금 장내에 집결한 사람들은 그의 눈으로 봐도 하나같이 예사롭지 않은 고수들이었다.

싸움은 상대적인 것이라 '적수니 뭐니'라는 소리까지는 말할 수 없으나, 거의 대부분이 흔히 볼 수 없는 고수들이었다.

흡사 무당파의 이대 제자나 일대 제자들 중에서도 뛰어난 제자들만 모아 놓은 것 같은 상황인 것인데, 그런 고수급들이 설무백의 한마디에 두말없이 복종하고 있었다.

이건 정말 그로서도 상상하기 어려운 일인 것이다.

그런데 그때였다.

쇄액—!

한줄기의 강렬한 바람이 불어 왔다.

경사에 처음 와 본 시골 무지렁이처럼 얼떨떨한 기분에 빠져서 장내의 인물들을 둘러보며 서 있는 적현자의 뒷등을 노리는 바람이었다.

설무백은 가장 먼저 그걸 감지했으나, 굳이 나서지 않았다.

나서기는커녕 경고할 필요도 없었다.

적현자는 검성은 아닐지 몰라도 과거 무당제일검으로 인정받던 무당마검인 것이다.

그리고 과연 그의 예상대로였다.

"흥!"

적현자가 코웃음을 치며 순간적으로 돌아서며 어느새 뽑아든 송문 검을 휘둘러서 쇄도한 바람을 막았다.

챙—!

강렬한 쇳소리가 울리며 불똥이 튀었다.

쇄도한 바람은 누군가의 기습이었던 것이다.

이내 기습한 자의 모습이 드러났고, 장내의 모두가 어리둥절한 기색으로 변했다.

적현자를 기습한 사람이 다름 아닌 예충이었다.

예충이 의혹 어린 장내의 시선에 화답하듯 수중의 칼을 들어서 어깨에 걸치고는 싸늘한 눈초리로 적현자를 노려보며 말했다.

"역시 내 눈이 틀리지 않았군. 이 정도로 극렬한 살기를 덧씌운 무당 검을 구사할 수 있는 사람은 천하에 오직 한 사람뿐이지. 안 그렇소이까, 적 선배? 아니, 그냥 무당마검이라고 불러 드려야 하나?"

장내가 찬물을 끼얹은 것처럼 조용해졌다.

무당마검이라는 한마디가 불러온 모두의 침묵이었다.

적현자가, 바로 무당마검이 예충을 따라하듯 수중의 검을 슬쩍 어깨에 걸치며 미묘한 미소를 흘렸다.

"이게 누구야? 귀도 예충이 아닌가?"

예충이 살기에 젖은 눈빛으로 적현자를 바라보며 비릿하게 웃었다.

"나를 보고도 전혀 놀라지 않다니, 과연 도가의 수련을 거친 그 정력은 정말 인정해 줘야겠군."

적현자가 대수롭지 않게 어깨를 으쓱였다.

"왜 내가 자네를 보고 놀라야 하는 거지?"

예충의 입가에 맺힌 미소가 짙어지며, 두 눈빛에 서린 살기도 그만큼 짙어졌다.

"오, 시치미를 떼시겠다."

적현자가 대꾸하기도 귀찮다는 듯 쓰게 입맛을 다시며 말했다.

"귀도 자네는 내게 도전했고, 나는 이겼을 뿐이다. 하물며 언제든지 도전을 받아 주겠다는 선처도 베풀었지. 대체 어디에 내가 자네에게 시치미를 떼야 할 이유가 있다는 거지?"

예충이 씹어뱉듯이 대꾸했다.

"진정 나를 이렇게 마주하고서도 남경의 총포두 교승 냉사무가 기억나지 않는다는 건가?"

적현자가 이제야 기억난다는 듯이 고개를 끄덕이며 말했다.

"교승 냉사무라면 나도 들어는 봤지. 포방의 살아 있는 전설이라는 대포두라지, 아마? 아, 그러고 보니 또 얘기가 하나 더 있긴 하군. 자네가 그에게 잡혀서 포승줄에 묶여 어디론가 압송 당했다는 얘기 말이야."

예충이 빠드득 소리가 나도록 이를 갈았다.

"그때가 언제인지는 기억이 안 나시나?"

"글쎄? 내가 그것까지 기억해야 하는 건가?"

"마땅히 기억해야지. 선배와의 비무에서 패하고 돌아가는 길이었으니까."

"그랬나?"

"설마 냉사무를 비롯한 삼십 인의 포두들이 무당산을 벗어나기 무섭게 나를 덮친 것이 우연이라 말하고 싶은 건가?"

적현자가 잠시 심드렁한 표정으로 예충을 바라보다가 이내 피식 웃었다.

"태도를 보아하니 무슨 말을 해도 소용없을 것 같은데, 구차하고 구질구질하게 그런 건 왜 묻나? 그렇게 생각해서 내게 원한이 맺혔다면 어서 그냥 원하는 방법으로 풀게나. 시답잖게 무슨 사설이 그리도 길어?"

예충의 눈에서 불똥이 튀었다.

원한과 살기로 점철된 불똥이었다.

그러나 정작 그는 선뜻 나서지 않았다.

정말이지 미치도록 아쉽고 죽도록 안타깝지만, 어쩔 수 없는 그였다.

지금의 그는 아직 준비가 되지 않았다.

상대는 무당마검이었다.

석년의 경지를 모두 다 회복해도 승부를 장담할 수 없는 상대인데, 분하게도 지금의 그는 아직 석년의 경지조차 미처 다 회복하지 못한 상태인 것이다.

'빌어먹을……!'

예충은 분한 마음에 자신도 모르게 입술을 깨물었다.

필생의 원수가 눈앞에 나타났는데, 아직 준비가 되지 않았다는 이유로 꼬리를 말 수는 없었다.

그는 그렇듯 졸렬한 비겁자, 겁쟁이로 살고 싶지 않았다.

그래서 죽을 각오로라도 용기를 내서 나서야 마땅한 것인데, 과거의 그였다면 그랬을지 몰라도 지금의 절대 그럴 수 없었다.

지금의 그는 이 순간의 용기가 죽음에 이르는 만용에 불과하다는 사실을 익히 잘 알고 있었기 때문이다.

그가 알고 기억하는 무당마검 적현자는 그 정도로 강한 고수였다.

'빌어먹을······!'

예충이 거듭 자신의 처지를 비관하며 이를 가는 그때, 묵묵히 바라보고 있던 설무백이 그의 갈등을 읽은 표정을 지으며 불쑥 물었다.

"결국 전에 내게 원하던 것이 바로 저분 때문이었다는 건가요?"

예충은 그저 적현자를 노려보고만 있었다.

사실은 분한 마음에 이런저런 하소연이라도 하고 싶었으나, 차마 그거는 아니다 싶어서 자신이 너무 졸렬해지는 것 같아서 애써 참고 있었다.

설무백이 그런 그의 마음을 아는지 모르는지 대답을 기다리지 않고 재차 물었다.

"도와줘요?"

예충은 핏대가 선 눈으로 설무백을 노려보았다.

대체 이게 무슨 감정인지는 모르겠으나, 밑도 끝도 없이 분노가 더해져서 울컥해진 기분이었다.

"저를 희롱하시려는 것이 아니라면 그만두세요!"

설무백은 전에 없이 피식 웃으며 말했다.

"지금 싸울 생각도 없고, 도움을 청하려는 것도 아니라면 이제 그만하고 안으로 들어가죠? 보는 눈이 너무 많잖아요?"

과연 보는 눈이 많기는 했다.

안 그래도 거의 모든 풍잔의 식구들이 문전에 나와 있는 상태라 주변의 이목을 끌고 있었는데, 실랑이가 벌어지며 분위기가 싸늘해지자 저잣거리의 모든 시선이 그들을 주시하고 있었다.

예충이 새삼 어금니를 악물었다.

설무백의 지시에 따르는 것이 마치 몸을 빼기 위한 궁색한 변명처럼 느껴져서 오히려 거부감이 들고 있는 그였다.

그러나 다음 순간 그는 얼이 빠져서 거짓처럼 그런 감정을 잊어버리게 되었다.

너무나도 터무니없는 말을 들었기 때문이다.

"다른 걱정은 마요."

설무백이 잘라 말했다.

"내 종복이라 도망칠 일은 없으니까."

후기지수後起之秀 (5)

설무백이 자리를 비운 사이에 풍잔의 규모는 엄청나게 커져 있었다.

　기존의 풍잔은 이백여 평의 공간에 별채와 광을 포함해도 다섯 채의 건물이 다였으나, 놀랍게도 지금은 족히 이천여 평의 대지에 수십 채의 전각군을 이루고 있었다.

　제갈명이 설무백의 지시를 그야말로 과하게 수행한 결과였다.

　제갈명은 풍잔의 좌우측과 후원에서부터 이어지는 뒤쪽의 대지와 건물을 모조라 사들여서 기존의 건물은 증축을 하고, 비어 있던 대지에는 새롭게 건축해서 풍잔의 규모를 족히 십배 이상 늘려 놓은 것이다.

설무백은 나쁘지 않았다.

드넓은 대지는 둘째 치고, 줄지어 늘어선 건물들만 대충 둘러봐도 가히 상상하기 어려운 자금이 들어갔음을 짐작할 수 있어서 못내 마음에 걸렸으나, 하나같이 화려하진 않아도 단아하고 견고하게 건축된 건물들이라 마음에 들었다.

그리고 이건 아마도 여전히 별채를 점거하고 있는 걸개들을 지켜보기 위함인 것 같았는데, 후원에 있는 별채를 내려다보는 구조로 건축된 대전의 상충부를 통째로 쓰는 구조의 취의청도 그랬다.

실내가 반원을 그리는 거대한 탁자로 채워져 있어서 족히 수십 명이 둘러앉아서 토론을 진행할 수 있는 공간이라 시원한 느낌이 들어서 좋았다.

거기 그 공간, 새로운 취의청에 이제는 수십을 헤아리는 풍잔의 수뇌부와 앞으로 함께 동고동락할 새로운 식구들이 모두 집결해서 둘러앉았다.

거창한 환영식은 아니더라도, 이래저래 이 정도의 모임은 필요하다는 제갈명의 요구로 이루어진 자리였다.

당연하게도 그래서인지 누군가를 환영하는 자리라기보다는 무슨 일이 일어날 것을 기대하는 듯한 호기심과 긴장이 깔린 분위기라는 것을 설무백은 쉽게 느낄 수 있었다.

예충과 무당마검의 대치에서 이어진 자리였기 때문에 더욱 그런 면이 강했다.

누구에게는 매우 흥미롭고, 다른 누구에는 더 없이 불편한 자리인 것이다.

그러나 설무백은 그런저런 감정을 전혀 내색하지 않았다.

싫고 좋고를 떠나서 이런 자리가 필요하다는 것에는 그도 내심 동의했기 때문이다.

다만 회의는 그가 주관하지 않았다.

거창하게도 이 자리는 적잖은 시간 동안 외유를 떠났다가 돌아온 수장에게 자리를 지키고 있던 수하들이 그동안의 성과와 변화를 보고하는 자리인 까닭에 마땅히 문상인 자신이 주관해야 한다는 것이 나서기 좋아하는 제갈명의 주장이었다.

"시작해도 되겠습니까?"

제갈명은 풍잔의 모든 수뇌들이 전부 다 모였음을 확인한 다음에 보란 듯이 함께 자리한 적현자를 일별하고 나서야 설무백에게 허락을 요구했다.

제갈명의 입장에서 적현자는 다른 새로운 식구들과 달리 새삼 확인이 필요할 정도로 거물인 듯했다.

설무백은 묵묵히 한차례 고개를 끄덕이는 것으로 허락했다.

제갈명은 그제야 기꺼운 표정으로 두 손바닥을 마주쳐서 크게 소리를 내고는 서론이고 뭐고 없이 곧바로 그간의 상황을 보고하는 것으로 회의를 시작했다.

"주군께서 자리를 비운 동안 다방면에 걸쳐 정리 작업이 진행되었습니다. 우선 보시다시피 풍잔의 규모가 커졌고, 영업도 시작했습니다. 물론 풍잔의 모든 영업은 제가 총괄하고 있는데…….”

그는 시선을 한쪽 자리에 앉아 있는 광풍삼랑 노사에게 던지며 말을 이었다.

“기존에 제가 관리하던 홍당의 전권을 풍삼랑 노사에게 넘겨줌으로 해서 그게 가능해졌습니다.”

광풍삼랑 노사가 자리에서 일어나서 설무백을 향해 넙죽 고개를 숙였다.

설무백은 가볍게 손을 들어 보이는 것으로 인정하고 넘어갔다.

제갈명의 보고가 다시 이어졌다.

“또한 그동안 우리 풍잔은 난주에 있는 거의 모든 저잣거리의 고급 주루와 기루, 객잔, 반점 등을 예하로 거두었습니다. 이는 예 호법께서 관할하는 백사방주인 작도수 이칠과 대도회주인 팔비수 양의의 전폭적인 지원도 있었지만, 그에 앞서 기존의 주인들이 자발적으로 나서서 손을 내민 결과이며, 단 한 건의 실력 행사도 없이 이루어진 것으로…….”

예충과 이칠, 양의를 차례차례 응시한 제갈명의 손이 장내의 한쪽에 앉아 있는 풍사를 가리켰다.

“지금은 풍사 호법께서 몇몇 광풍대원들의 지원을 받아서 관리하고 있습니다.”

풍사가 자리에서 일어나 설무백을 향해 공수하며 꾸벅 고개를 숙여 보였다.

설무백은 그저 묵묵히 미소로 화답했다.

풍사가 자리에 앉기 무섭게 제갈명이 다른 보고를 시작했다.

"더불어 우리 풍잔은 기존에 손대지 않던 몇몇 새로운 사업에도 참여하게 되었습니다. 비단과 주류, 차(茶) 등 난주 특산물의 생산과 판매 전반에 걸친 사업이 바로 그것입니다. 이는 엄이보, 엄 대인의 추천과 지원이 지대했던 일로, 지금은……."

슬며시 말꼬리를 흐린 그가 새삼 손을 내밀어서 사문지현과 엄비연을 가리켰다.

"풍잔의 별동대 중 하나인 비선대(飛仙隊)의 대주와 부대주인 사문지현과 엄비연 여협이 맡아서 관리하고 있습니다."

사문지현과 엄비연이 앞서 풍사 등이 그랬던 것처럼 자리에서 일어나서 설무백을 향해 고개를 숙여 보였다.

설무백은 이번에도 역시 그저 묵묵히 고개를 끄덕이는 것으로 인정하고 넘어갔다.

제갈명의 보고가 다시 이어졌다.

"그동안 우리 풍잔 내에서 일어난 일과 변화된 상황 중에서 제가 보고드릴 것은 대충 이 정도가 다입니다. 다음으로 외부의 동향을 간략하게 말씀 드리자면……."

간략하게라고 시작한 제갈명의 보고는 간략하기는커녕 장

황하기 짝이 없었다.

　게다가 그 대부분의 내용은 저 멀리 감숙성의 남부와 동부로 이주한 청운관과 매화중에 대한 것이라 이미 대력귀를 통해서 들은 얘기였고, 곁가지처럼 이어진 다른 내용들도 충분히 예상이 가능한 주변 조직들의 동향, 즉 유가협의 산채인 대곤채와 녕하의 수채인 폭호채의 상황이라 별다른 관심이 가지 않았다.

　설무백은 그럼에도 불구하고 굳이 제갈명의 보고를 막지 않고 묵묵히 들어 주었다.

　지금 좌중에는 그와 같은 내용을 전혀 모르는 사람들도 있었다.

　대표적으로 적현자를 포함한 새로운 식구들이 그랬는데, 그들은 비록 소수지만 중요한 위치에 있었고, 그래서 무백은 늦은 만큼 빨리 적응할 수 있는 기회를 주고 싶었던 것이다.

　설무백의 그런 마음이야 어쨌든 간에 길고 지루하게 이어진 모든 보고를 끝낸 제갈명이 슬쩍 뒤로 빠지며 말했다.

　"제 입으로 주군께 보고드릴 내용은 이상입니다. 나머지는 저마다 지극히 개인적인 사안이 포함된 일이니만큼 당사자들에게 직접 들어 주십시오."

　무언가 보고할 내용이 더 남아 있으나, 그건 지극히 사적인 일이니 당사자에게 들으라는 소리였다.

　당사자가 누구인지는 굳이 물을 필요 없었다.

제갈명이 물러나면서 예충에게 시선을 주었다.

일종의 지목, 먼저 시작하라는 눈치였다.

과연 예충이 어색하게 헛기침을 하며 자리에서 일어났다.

그는 곁에 앉은 백사방의 이칠과 대도회의 양의를 일별하며 놀라운 말을 꺼냈다.

"이칠과 양의를 제자로 들였습니다. 심지가 굳은 아이들이라 마음에 들어 그리한 것이니, 다른 오해는 말아 주십시오."

지난날 설무백은 길을 나서기 전에 백사방과 대도회의 전권을 예충에게 일임했다.

예충은 혹여 설무백이 그때의 명령으로 인해 이칠과 양의를 제자로 받아들인 것이 아닐까 오해할까 봐 우려하는 것이었다.

충분히 그럴 수 있었다.

이칠과 양의는 적은 나이가 아니고, 새로운 무공을 익히기에는 더욱 그랬기 때문이다.

설무백은 까칠한 예충의 성정을 알기에 적잖게 놀랐으나, 애써 내색하지 않고 말을 받았다.

"오해 안 해요. 잊었나본데, 이 방주와 양 회주의 자질을 알아본 것은 제가 먼저입니다."

사실이다.

지금의 이칠과 양의가 그래서 존재할 수 있었던 것인데, 지금 그는 새삼 그것을 느끼고 있었다.

지금의 이칠과 양의는 그가 길을 떠나기 전에 알던 이칠과 양의가 아니었다.

말 그대로 전혀 딴 사람들 같았다.

다른 사람은 몰라도 짐승보다 더 고도로 발달한 감각을 지닌 설무백은 그것을 어렵지 않게 느낄 수 있었다.

그만큼 이칠과 양의는 불과 일 년도 안 되는 사이에 비약적인 성취를 이룬 것이다.

'어찌 이상하다 했더니만…….'

기실 설무백은 오늘 처음 이칠과 양의를 보았을 때부터 이미 그들이 예충에게 상당한 지도를 받았을 거라고 예상했다.

그것은 그들의 기도가 예전과 확연히 달랐기 때문인데, 이제 보니 아예 사제지연을 맺었던 것이다.

그리고 이제 와서 말이지만, 그가 확연히 변모한 그들을 느끼면서도 굳이 내색하지 않은 이유는 따로 있었다.

그간 그가 보지 못한 사이에 그들처럼 놀랄 만한 성취를 이룬 것은 그들뿐만이 아니었다.

예충도 그랬다.

과연 석년의 능력을 얼마만큼 회복한 것인지는 몰라도, 지금의 예충은 이전에 보았던 예충과 매우 달랐다.

적어도 그때보다 배 이상 더 강해진 느낌이었다.

그래서 더욱 묘한 것은 지금 장내의 분위기 혹은 기류였다.

묘하게도 엄청나게 비약한 예충의 기도가 지금 장내에서 전혀 튀지 않았다.

놀랍게도 장내에 자리한 풍잔의 식구들 모두가 그처럼 전에 비할 수 없이 발전했기 때문에 상대적으로 균형을 이루어서 확연히 달라진 예충의 기도가 전혀 유별나 보이지 않는 것이다.

'혹시……?'

설무백은 내심 반신반의하며 예충과 더불어 지금 장내의 변화를 이끌어 낼 수 있는 사람들에게 시선을 주었다.

환사와 천월이 바로 그들이었다.

과연 그의 예상이 옳았다.

천월이 먼저 계면쩍은 기색으로 히죽 웃으며 그와 같은 사실을 드러냈다.

"어쩌다 보니 저도 애들 몇을 거두었습니다. 주군께서 애들에게 가르치라고 했던 무공을 제가 가르치게 되었는데, 눈에 들어오는 애들이 몇 있어서 말입니다."

"그게 저도……."

환사가 뒤를 이어 밝혔다.

"소우와 맹효, 그렇게 두 녀석입니다. 무슨 경쟁심 같은 것이 아니라, 정말로 그 애들이 마음에 들었을 뿐이니, 다른 오해는 마십시오, 주군. 흐흐흐……!"

거듭 못을 박는 환사를 보니, 적어도 천월은 아닌 게 아니라 정말로 이칠과 양의를 거둔 예충에게 경쟁심이 발동한 것이 아닌가 하는 생각이 설무백의 뇌리를 스쳤다.

하지만 설무백은 굳이 그걸 내색치 않고 그저 앞서 먼저 고백한 천월에게 시선을 주었다.

천월이 그의 눈빛에 반응해서 대답했다.

"아인(牙刃)과 철우(鐵牛) 그리고 화사, 그렇게 세 녀석을 거두었습니다."

설무백은 묵묵히 고개를 끄덕였다.

수긍과 납득의 의미였다.

환사가 제자로 거둔 두 사람 중 소우는 광풍오랑이고 맹효는 광풍구랑이다.

날고 기는 광풍대원들 중에서도 열 손가락 안에 꼽히는 것인데, 그중에서도 맹효는 최근에 그가 전해 준 무공을 익히면서 비약한 귀재 중의 귀재인 것이다.

그리고 천월이 제자로 거둔 세 사람도 그들에 못지않았다.

화사야 두말할 나위도 없고, 아인은 광풍칠랑이며 철우는 광풍팔랑이다.

환사나 천월 모두 단순한 호기심이나 호승심에 결정한 일이 아니라는 방증이 될 정도로 다들 뛰어난 귀재들을 거둔 것이다.

설무백이 내심 그런 생각을 하며 못내 그들의 실력을 궁금해하는 참인데, 시시각각 알게 모르게 천변만화의 기색을 드러내면서도 내내 침묵으로 일관하던 적현자가 불쑥 말문을 열었다.

"정말 놀랍군. 혼탁한 이 시기에 세상의 눈을 속이며 난주를 불가침의 철옹성으로 만들어 놓고, 자신만의 세력을 키우고 있었다니, 정말이지 감탄이 절로 나오네그려."

혼잣말처럼 중얼거렸을 뿐, 진정한 혼잣말은 아니었다.

흥미롭다는 듯 반짝이는 눈빛으로 설무백을 응시하는 적현자의 예리한 두 눈이 그것을 대변했고, 곧바로 이어진 질문이 그것을 증명해 주었다.

"대체 무엇을 노리는 거지?"

설무백은 고개를 저으며 대답했다.

"그 얘기를 듣고 싶으시다면 먼저 솔직하게 털어놔 주셔야 할 얘기가 하나 있습니다."

그는 무슨 말인지 모르겠다는 듯 미간을 찌푸리는 적현자의 반응을 무시하고 보란 듯이 예충을 일별하며 재우쳐 말했다.

"예노도 그렇고, 제 사부님들의 경우도 그렇고, 적 노선배와 비무한 다음에는 어김없이 악운이 따라붙었네요. 도대체 왜 그런 것인지 아는 대로 솔직하게 대답해 주시겠습니까?"

설무백의 질문에 당사자인 적현자보다 예충이 더 놀랍다는 기색을 드러냈다.

설마하니 천하삼기가 그처럼 과거 적현자와 비무했고, 또한 그와 마찬가지로 납득하기 어려운, 아니, 의심스러운 악운에 당했다는 사실에 놀란 것이다.

적현자가 매우 기분이 상한 눈치로 슬쩍 예충의 반응을 일별하며 삐딱하게 설무백을 바라보았다.

"지금 나를 의심하는 거냐?"

설무백은 귀찮다는 태도로 짧게 대꾸했다.

"정말 의심했다면 묻지 않았습니다."

"묻지 않으면?"

"그냥 처분했겠죠."

"처……분?"

적현자의 얼굴이 굳어졌다.

설무백은 그 반응을 이해할 수 없다는 듯 오히려 더 심드렁한 태도로 바라보며 반문했다.

"지금 제 종복이라는 걸 잊으셨습니까?"

"……!"

"제가 지금 주인으로서 자결을 명령하면 어쩌실래요? 설마 그건 복종하기 어렵다며 그냥 튀실 건가요?"

"……!"

"왜요? 제가 못 할 것 같습니까?"

적현자가 불타는 눈빛으로 설무백의 얼굴을 뚫어지게 응시하다가 이내 '끙' 하며 외면했다.

"할 것 같군."

설무백은 픽 웃으며 말했다.

"그러니까 제게 그런 흉포하고 잔인한 짓을 강요하지 마시고 어서 말해 보세요. 대체 거기에 어떤 사연이 있는 겁니까?"

적현자가 이러지도 저러지도 못 하겠는지 더 없이 곤혹스러운 표정으로 망설이다가 한순간 작심한 듯, 길고 긴 한숨 토하며 말했다.

"나는 거기 무명곡에 든 이후, 천하삼기와 저 친구 귀도를 포함해서 정확히 열아홉 번의 비무를 했다. 거의 다 초창기에 벌어진 일인데, 그중 절반가량의 상대는 비무 중에 사망했고, 나머지 절반은 묘하게도 하나같이 그 이후에 잠적해서 종적이 묘연해졌다. 내가 아는 것은 그게 전부다."

설무백은 가만히 듣고 있다가 불쑥 물었다.

"그걸 어떻게 아십니까?"

"……!"

"내내 무명곡을 벗어나지 않으신 분이 비무를 했던 사람들의 종적이 묘연해졌다는 사실을 어떻게 아시는지 그것을 묻는 겁니다."

"……!"

적현자의 안색이 변했다.

굳게 다문 그의 입술에 힘이 들어가고, 무심한 듯 냉정하게 가라앉은 그의 눈가에서 바르르 미세한 경련이 일어났다.

설무백은 대답을 기다리지 않고 재우쳐 물었다.

"왜 그런 일이 벌어진 것인지 의심은 하셨습니까?"

대답을 들을 필요도 없이 누군가 적현자를 찾아와서 그와 같은 얘기를 해 준 것이라고 단정하며 추궁하는 말이었다.

구금당한 상태인 적현자가 세상의 일을 아는 방법은 그것밖에 없지 않은가.

그뿐 아니라, 적현자가 누군가의 도전을 받고 비무를 한다는 것 자체가 무당파의 허락이 없이는, 적어도 묵인이 없이는 불가능한 일이었다.

대소림과 어깨를 나란히 한다는 대무당파가 비록 본당과 적잖게 떨어졌다고는 하나, 구금 상태의 적현자가 벌이는 싸움을, 아니, 그에 앞서 무명곡으로 들어가는 외부인을 몰랐다는 것은 말이 되지 않았다.

그러나 적현자는 끝내 입을 열지 않았다.

무슨 사연인지는 몰라도 그저 뜻 모를 표정으로 설무백의 시선을 외면할 뿐이었다.

설무백은 더는 대답을 기다리지 않고 그의 침묵을 인정하듯 고개를 끄덕이며 말했다.

"결국 아는 것이 그게 다가 아니라, 해 줄 수 있는 말이 그게 다인 거네요. 그렇죠?"

적현자가 방황하던 시선을 설무백에게 고정하며 되물었다.

"그렇다면 이제 어쩔 테냐?"

설무백은 무심한 태도로 적현자의 시선을 마주하며 아무렇지도 않게 말을 받았다.

"어쩌기는 뭘 어쩝니까. 그냥 그렇다는 거죠. 괜한 걱정 마세요. 저는 노 선배님을 믿습니다. 적어도 그 일과는 전혀 무관하다고 생각합니다."

적현자가 이런 반응은 미처 예상하지 못했는지 당황스러운 듯 도리어 화를 내듯 따지고 들었다.

"왜? 아니, 어째서 믿을 수 있다는 거지?"

설무백은 대수롭지 않게 대꾸했다.

"무슨 바보 천치도 아니고, 그런 사람이 상대가 모르는 약속까지 굳이 들쳐 내서까지 종복을 자처하며 따라나설 이유가 어디에 있겠습니까."

적현자가 꼬투리를 잡았다.

"오랜 구금에서 벗어나려는 핑계일 수도 있지."

"뭐 그럴 수도 있지만, 그보다는 혹시나 이번에도 무슨 변고가 생기는 것은 아닌가 싶어서 따라나섰다고 보는 것이 더 적당하지 않을까요?"

"……."

적현자가 침묵하는 가운데, 예충이 나서며 말했다.

"저보고 들으라는 소리군요."

설무백은 솔직하게 인정했다.

"예, 그런 거예요. 그 일들이 우연인지 아니면 누군가의 음모인지는 모르겠으나, 적어도 여기 계신 적 노야는……!"

"검노!"

적현자가 잘라 말했다.

"과거 그날 이후, 나는 그저 검노일 뿐이다!"

설무백은 어깨를 으쓱하고는 다시 말했다.

"예, 그러죠, 검노. 그러니까, 내 말은 여기 계신 검노는 과거 그 일과 전혀 관계가 없으니……."

예충이 그의 말을 가로챘다.

"이제 더는 누구도 괜한 오해로 사람을 잡지 말아 달라, 뭐 이런 얘기겠네요. 알겠습니다. 그리하지요."

적현이라는 이름을 버렸다는 검노가 슬쩍 고개를 돌려서 그런 예충을 쳐다봤다.

"노부가 잡으면 잡힐 사람으로 보이나?"

예충이 누런 이를 드러냈다.

"글쎄요. 지금은 아닐지 몰라도, 조만간 그런 때가 오지 않을까 싶군요."

적현자, 아니, 검노가 피식 웃으며 외면했다.

조롱이나 비웃음이 아니라 왠지 모르게 친근감이 느껴지는 미소였다.

이어진 대꾸도 그랬다.

"어디 한번 기대해 보도록 하지."

시종일관 팽팽하게 조여지던 장내의 긴장감이 설무백과 검노가 주고받은 문답 이후부터 서서히 느슨해지고 있었다.

거기에 화가 누그러진 예충과 어딘지 모르게 친근감이 서린 검노의 말이 더해지자, 장내의 분위기가 한결 부드럽게 변했다.

다른 건 몰라도 눈치 하나는 귀신같은 제갈명이 이때를 놓칠 리가 없었다.

"이제 들으실 얘기 다 들으셨고, 문제가 됐던 오해도 대충 풀린 것 같은데, 어서 그만 뻘쭘하게 앉아 있는 저들을 좀 어떻게 처리해 주시면 안 되겠습니까?"

새로운 식구들을 두고 하는 말이었다.

설무백은 잠시 침묵한 채로 본의 아니게 무거워진 분위기 속에서 꿔다 놓은 보릿자루처럼 조용히 앉아 있던 그들, 일곱 사람을 둘러보았다.

어리지만 늘 진중한 표정인 단예사와 언제나 무심한 기색인 제연청, 호기심 가득한 눈빛의 비풍, 잔뜩 골이 난 표정인 요미, 감정을 읽을 수 없는 얼굴의 잔월, 조금 겁을 먹은 듯한 무일, 마냥 심드렁한 기색인 동곽무, 그리고 미욱해 보이나 엄연히 일인전승의 문파인 금철문의 당대 문주이자, 외문기공의 고수인 위지건.

무심한 듯 정겨운 눈길로 그들을 차례차례 한사람씩 둘러본 그는 이내 제갈명에게 시선을 주며 물었다.

"담태파야는?"

제갈명이 어색한 미소를 흘리며 대답했다.

"그게, 자기는 이런 자리에 참석하려고 온 게 아니라고 극구 우기셔서 그만…… 별채에 계시는데, 지금이라도 불러 올까요?"

"아니, 됐고, 흑영은?"

"아, 곽진 형은……!"

"흑영이다!"

"아, 예, 흑영은 아직 폐관 수련을 끝내지 않았습니다."

설무백은 묵묵히 고개를 끄덕이는 것으로 수긍하고 슬며시 고개를 돌려서 제연청에게 시선을 주며 물었다.

"노모께서는 괜찮으신가?"

제연청이 특유의 나른한 목소리로 대답했다.

"예, 덕분에…….."

설무백은 가만히 고개를 끄덕이며 새삼 그들을 포함한 장내의 모두를 둘러보았다.

"이미 다들 인사는 다 나누었을 테니, 각설하고, 사실 뜻대로 되었다면 이들보다 더 많은 동료들이 우리와 함께할 수 있었을 텐데, 아쉽게도 운이 닿지 않았어. 덕분에 애초에 내가 구상한 계획도 수정이 불가피한데…….."

그는 습관처럼 고개를 끄덕이며 잠시 뜸을 들이다가 곧 마음을 정하고 말을 이어 나갔다.

"원래는 광풍대와 견줄 만한 일대를 더 만들 생각이었어. 서로 경쟁하며 힘을 기르라는 의미에서. 그런데 지금 돌이켜보니 굳이 그럴 필요가 있나 싶네. 그러니 그냥 풍잔의 식구로

하자."

말을 끝맺은 그는 슬쩍 제갈명에게 시선을 주었다.

"네가 알아서……."

"그러니까……."

제갈명이 말을 가로챘다.

"적당한 자리를 찾아 주라 이거죠?"

"응, 그래."

설무백이 인정하기 무섭게 제갈명이 기다렸다는 듯 조심스럽게 거부감을 드러냈다.

"저기, 주군. 외람된 말이나, 다 좋은데 부디 한 녀석, 아니, 한 사람은 제외시켜 주시는 것이 어떨지……?"

설무백은 대번에 그 한 사람이 누군지 알 수 있었다.

모를 수가 없는 것이, 울상으로 일그러진 제갈명의 시선이 은연중에 요미를 곁눈질하고 있었다.

쳐다보는 것조차 눈치를 보는 제갈명의 태도가 그동안 요미에게 어떤 짓을 당했는지 눈에 보이는 것 같았다.

설무백은 자못 곱지 않은 눈초리로 요미를 바라보았다.

요미가 슬며시 그의 시선을 피하며 딴청을 부렸다.

그때 불쑥 혈영이 나섰다.

"청이 하나 있습니다, 주군."

혈영은 필요한 경우가 아니면 거의 입을 열지 않는 과묵한 사내였다.

설무백은 그런 그의 청이니만큼 귀를 기울이지 않을 수 없었다.

"뭐지?"

혈영이 말했다.

"요미와 비풍, 그리고 잔월은 우리 비각과 어울릴 것 같습니다."

비각은 풍잔에서 설무백을 경호하는 친위대의 명칭이며, 각주는 혈영이었다.

혈영은 아직 어리긴 해도 기기묘묘한 환술을 구사하는 요미와 변체환용의 변화무쌍한 역용술의 비풍, 그리고 나이는 자신보다 많지만, 사대살수의 하나로, 은신술의 대가인 잔월은 설무백의 경호에 어울린다고 생각한 것이었다.

합리적인 판단이었다.

설무백은 승낙에 앞서 슬쩍 고개를 돌려서 요미와 비풍, 잔월을 살펴보았다.

요미는 기대, 비풍은 호기심에 가득한 눈빛으로 그의 시선을 마주했고, 이제는 어느 정도 풍잔이 익숙해진 졸린 눈의 잔월은 우습지 않게도 진짜 졸고 있었다.

전생의 기억으로 그들의 내력과 미래를 아는 것과는 무관하게 하나같이 범상치 않게 보이는 모습이었다.

그는 못내 고소를 금치 못하며 미세한 무형지기를 쏴서 졸고 있는 잔월의 이마를 때렸다.

"에구……!"

잔월이 기겁하며 뒤로 자빠졌다.

장내의 모든 시선이 그에게 쏠렸고, 이내 자신의 실태를 깨달은 잔월이 허둥지둥 일어나 앉으며 그저 실수였다는 듯 내숭을 떨었다.

설무백은 시치미를 떼고 바라보며 말했다.

"좋아. 저들이 원한다면 그리하지."

요미와 비풍이 앞다투어 말했다.

"저는 좋아요!"

"저도요!"

장내의 모든 시선이 새삼 잔월에게 고정되었다.

잔월이 이게 뭔가 싶은지 어리둥절하다가 슬며시 주변의 눈치를 보며 말했다.

"……대충 저도 좋은 것 같습니다."

설무백은 웃으며 혈영에게 시선을 주었다.

"됐지?"

혈영이 두 말없이 고개를 숙였다.

"감사합니다."

그렇게 혈영이 물러나기 무섭게 이번에는 공야무륵이 기다렸다는 듯 나섰다.

"저도 드릴 말씀이……."

설무백이 시선을 주자, 그가 슬쩍 장내의 한사람을 쳐다보며 말했다.

"저 친구를 곁에 두고 싶습니다. 무엇보다도 과묵해서 마음에 듭니다."

공야무륵이 지목한 사람은 우직하다 못해 미욱해 보이는 얼굴에 곰처럼 큰 체구를 가진 일인전승의 문파, 금철문의 당대문주인 위지건이었다.

설무백은 슬쩍 그를 보고는 왠지 모르게 공야무륵과 잘 어울리는 조합 같다는 느낌이 들어서 절로 고개를 끄덕이며 물었다.

"어때?"

위지건이 습관처럼 머리를 긁적이며 대답했다.

"저야 뭐…… 괜찮습니다."

설무백은 공야무륵에게 시선을 돌리며 말했다.

"됐지?"

공야무륵이 특유의 충직한 모습으로 허리를 반으로 접으며 대답했다.

"감사합니다, 주군!"

설무백은 가만히 고개를 끄덕이며 좌중을 둘러보았다.

"또 누구?"

더는 없었다.

설무백은 그제야 제갈명에게 시선을 고정했다.

"뭐 또 더 있나?"

"그럴 리가요."

제갈명이 요미를 해결한 것이 그리도 속 시원한지 천만에 말씀이라는 듯 활짝 웃는 낯으로 손사래를 치며 말했다.

"사실 나머지는 따로 정하고 말고 할 것도 없습니다. 제연 청은 이미 맡아서 하는 일이 있고, 무일은 제가, 단예사와 동 곽무는 풍사 호법이 곁에 두기로 이미 결정을 내렸거든요. 그 래서 말씀드리는 건데, 이제 내일 벌어질 광풍대의 서열 비무 만 결정해 주시면 되겠습니다."

설무백은 절로 고개를 갸웃했다.

"그게 내일이었나?"

제갈명이 턱을 당기며 어리둥절해했다.

"모르셨나요? 저는 또 그걸 알고서 오늘 오신 줄 알았는 데……?"

"아무려나……."

설무백은 손을 내저으며 물었다.

"그거야 늘 하던 방식대로 하면 되지, 새삼 내가 무슨 결정 을 할 것이 있다고 그래?"

"그게, 그러니까……."

제갈명이 어색하게 웃는 낯으로 예충을 비롯한 몇몇 사람 을 훑어보며 말했다.

"광풍대원이 아니라도 도전할 수 있게 해 달라는 친구들이 너무 많아서 말입니다."

설무백은 자못 심각해졌다.

제갈명이 그의 질문에 대답하면서 대충 눈길로 알려 준 사람만 해도, 즉 수뇌부의 인물만 해도 일곱 명이나 되었다.

한두 명이라면 그러려니 하겠으나, 이건 조금 문제가 있었다.

적어도 단순한 호기심으로 치부할 수 있는 인원으로 볼 수 없었다.

면면을 확인해 보니 더욱 그랬다.

사문지현과 엄비연, 철마립, 화사, 대력귀, 이칠, 양의 등이 바로 그들, 일곱 명이었다.

광풍대의 서열 비무를 전혀 신경 쓰지 않아도 되는 사람들이 나선 것이다.

게다가 그들이 다가 아니었다.

너무 많다고 했으니, 적어도 수십 혹은 그 이상의 인원이 더 있다는 뜻이었다.

이건 그럴 리가 없다고 생각하면서도 어쩔 수 없이 풍잔의 주력인 광풍대원들과 그 이외의 인원들 간에 벌어지는 알력으로 비추어지는 모습인 것이다.

"만에 하나, 이게……!"

"괜한 염려는 하시 마십시오. 내부의 알력이니 뭐니 그런 거 아닙니다."

제갈명이 못내 준엄하게 나서는 설무백의 속내를 예리하게 읽고 말을 끊으며 부연했다.

"다들 그냥 개인적인 사정이 있을 뿐입니다."

설무백은 본의 아니게 머쓱해져서 입맛을 다시며 사문지현 등을 둘러보았다.

"아니, 왜?"

사문지현이 대답했다.

"광풍대는 우리 풍잔의 핵심이자, 주력이며, 주군께서 아시는 것보다 더 높은 상징적인 의미를 가지고 있습니다. 그들의 서열이 곧 풍잔에서의 서열로 직결되는 것은 아니어도 알게 모르게 의식은 해야 할 정도로 말입니다. 그래서 다들 확인하고 싶을 뿐입니다. 풍잔에서 자신의 위치를 말입니다."

"저 역시 같은 생각에서……."

엄비연이 눈치를 보다가 나섰다.

"사람들에게 인정받고 싶은 마음이야 누구든 다 가지고 있는 욕망이잖아요. 히히……!"

도둑이 제 발 저린다는 식으로, 제갈명이 재빨리 끼어들며 그녀들의 말을 부연했다.

"인식의 차이가 만들어 낸 일종의 경쟁 또는 단순한 호기심일 뿐입니다. 절대 알력 같은 것이 아닙니다."

설무백은 슬쩍 손을 들어서 제갈명의 말을 끊으며 나머지 사람들에게 시선을 돌렸다.

철마립이 가장 먼저 그의 시선이 답했다.

"저는 그저 광풍대의 실력이 궁금해서⋯⋯."

화사가 싱긋 웃으며 말을 받았다.

"저도요."

설무백은 그 다음 사람인 대력귀를 향해 미간을 찌푸렸다.

"당신도?"

대력귀가 심드렁하게 대꾸했다.

"저는 반대로 제 실력이 궁금해서요. 광풍대원이라면 제 실력을 가늠해 보는 데 충분한 잣대가 될 수 있겠다는 생각이에요."

이칠과 양의가 기다렸다는 듯이 그녀의 말이 끝나기 무섭게 나서며 말했다.

"저도⋯⋯!"

"저 역시⋯⋯!"

설무백은 슬쩍 제갈명에게 시선을 주었다.

제갈명이 눈치 빠르게 대답했다.

"나머지는 대략 삼십여 명으로 추산하고 있습니다."

설무백은 어색한 표정으로 입맛을 다셨다.

이 상황을 어떻게 받아들여야 할지 몰라서 적잖게 난감한 기분이었다.

분명 알력은 아니었다.

제갈명이 이런 일로 그를 기만할 사람도 아니고, 그가 봐도 아니라는 것을 알 수 있었다.

하지만 단순하게 경쟁으로만 볼 수도 없었다.

그게 무엇인지는 모르겠으나, 분명 중간에 무언가 더 있는 것 같은 기분이었다.

그는 잠시 그런 고민에 빠졌다가 뒤늦게 그런 그의 속내를 능히 짐작한다는 듯 빙글거리고 있는 제갈명을 발견하고는 눈을 치켜떴다.

"까불다가 괜히 한 대 쳐 맞지 말고 어서 말해. 대체 이유가 뭐야?"

제갈명이 불퉁스러운 표정을 짓다가 그의 인상이 정말 삭막하게 변하자 거짓말처럼 고분고분한 표정으로 변해서 대답했다.

"주군께서도 아시다시피 작금의 난주는 과거와 비교할 수 없이 평화롭습니다. 전에는 하루가 멀다 하고 일어나던 다툼도 이제는 눈을 씻고 찾아봐도 찾을 수가 없게 되었지요."

"그야 당연히……!"

"예, 당연한 일입니다. 어제의 적은 동료가 되었고, 더 이상 덤비려는 적도 나타나지 않고 있으니까요. 그런데 우습지도 않게 지켜야 할 것은 전에 비해 더 많아졌습니다. 이거는 이래서 못하고, 저거는 저래서 할 수 없는, 그러니까 전에 없던 규범은 강화되었다 이겁니다."

설무백은 납득하기 어려운 표정으로 말을 잘랐다.

"그게 문제인 건가?"

제갈명이 대번에 그렇다고 대답했다.

"예, 그렇습니다. 주군께서 어떻게 받아들이실지 모르겠으나, 확실히 그게 문제였고, 다들 그 문제의 답을 찾은 겁니다. 승패를 떠나서 광풍대의 서열 비무에서는 마음껏 싸울 수 있으니까요."

설무백은 잠자코 고개를 끄덕였다.

제갈명의 입에서 적은 없는데 지켜야 할 규범은 늘었다는 얘기를 듣는 순간부터 그는 이미 모든 의문이 풀렸다.

그렇다.

그가 잠시 망각하고 있었다.

평화를 추구지만 막상 평화를 찾으며 허무해지고 맥이 풀리는 것이 바로 무인이라는 족속들이 가진 모순이다.

즉, 늘 치고받고 싸우던 자들이 그동안 억지로 쉬고, 강제로 참고 있었다.

육식동물이 강제로 풀떼기만 뜯어먹고 있었던 것이다.

그런 그들의 눈에 광풍대의 서열 비무가 억누르며 참고 있던 욕구를 얼마든지 마음껏 분출할 수 있는 통로로 보이는 것은 어찌 보면 당연한 것일지도 몰랐다.

"장소가 어디지?"

"예?"

"이번 광풍대의 서열 비무, 어디서 하냐고?"

"아, 예."

설무백의 갑작스러운 질문에 놀란 제갈명이 재빨리 정신을 차리며 다시 대답했다.

"이번에 새로 건축한 풍무장(風武場)에서 합니다."

"넉넉한가?"

"예?"

"공간 말이야. 가능하면 이번 광풍대의 서열 비무는 우리 풍잔의 식구들 모두 다 참석했으면 해서."

제갈명이 이제야 그의 의중을 제대로 읽고 기꺼운 표정으로 대답했다.

"걱정하지 마십시오, 주군. 내일 보면 아시겠지만, 충분하고도 남습니다. 풍무장은 광풍대만을 위해서가 아니라 앞으로 더욱 늘어날 우리 풍잔의 식구들을 위해 만든 공간이니까요."

꿩

제갈명의 말 그대로였다.

풍잔이 가진 기존의 후원을 지나서, 낮고 높은 두 개의 담과 하나의 정원을 가로지르면 나타나는 풍무장은 길쭉한 장방형의 석조 건물 세 개가 경(冂) 자형으로 삼면을 가로막고, 촘촘하게 깔아 놓은 푸른 벽돌로 바닥을 삼은 드넓은 공간이었다.

제갈명은 대체 앞으로 풍잔의 식구가 어느 정도나 늘어날 것으로 생각하는 것일까?

설무백은 풍무장을 처음 보았을 때 문득 그게 궁금해졌다.

그런 의문이 절로 드는 것이, 풍무장은 삼면을 막은 세 채의 건물도 하나하나가 성벽처럼 보였지만, 무엇보다도 그 안에 자리한 공간이 흡사 궁성의 연무장을 방불케 했다.

길쭉한 장방형의 전각 세 채가 마치 성벽처럼 삼면을 가로막고 있음에도 답답해 보이기는커녕 오히려 시원하게 느껴지는 것은 화려한 색조 대신 그저 하얗게 회칠한 건물의 단백함도 한몫을 했으나, 그에 앞서 기본적으로 드넓은 공간이었기 때문이다.

족히 수만의 인원이 들어서도 넉넉한 장소, 성벽 같은 건물 세 채가 누각의 기둥을 대신하고 있는 거대한 공간의 연무장이 바로 풍무장이었다.

다음 날 정오, 바로 그 풍무장의 삼면을 막은 전각 아래에 정찰과 경계로 빠진 몇몇을 제외한 풍잔의 모든 식구가 집결했다.

당연하게도 백사방과 대도회, 홍당에 속한 인원들도 전부 다 포함되어 있어서 명실공히 난주의 모든 무림인들이 집결했다고 해도 절대 과언이 아니었다.

그리고 거기에는 따로 정해 놓은 서열의 구분도 존재하지 않았다.

그저 편한 대로 저마다 삼삼오오 무리를 지어서 둘러앉은 것인데, 물론 그렇지 않은 곳도 있었다.

오직 한 곳이 그렇지 않았다.

경 자 형으로 세워진 건물의 구조상 탁 트인 한쪽 면에서 바라봤을 때, 정면의 건물 아래, 계단 형식으로 비스듬히 늘어진 단상이었다.

거기 단상에는 한 사람이 하나씩 상을 받게 되어 있는 사각의 탁자와 방석이 늘어서 있었다.

풍잔의 중핵을 이루는 요인들과 풍잔의 정예요, 주력이라 할 수 있는 광풍대원들의 자리가 그곳이었다.

모든 준비가 다 끝났다는 제갈명의 전갈을 받은 설무백이 거기 풍무장으로 들어섰을 때, 그곳에는 이미 몇몇을 제외한 모두가 자리해 있었다.

풍무장에 집결한 모든 사람들이 벌떡 일어나서 예의를 취하는 가운데, 설무백은 그들, 광풍대원들의 더 없이 공손한 인사를 받으며 상석으로 올라갔다.

가장 높은 곳에 마련된 상석은 대략 십여 명이 함께 앉을 수 있는 장방형의 탁자였고, 이미 자리를 채우고 있는 사람이 적지 않았다.

환사와 천월, 예충, 풍사, 대력귀, 화사, 철마립 등이 바로 그들이었다.

그리고 그들의 측면인 지근거리에는 그들이 마주한 탁자와 비슷한 크기의 탁자가 하나 놓여 있었다.

새로운 식구들을 위한 자리였다.

적현자와 제연청, 단예사, 비풍, 요미, 잔월, 무일, 동곽무 등이 거기에 자리하고 있었다.

설무백은 그들과 눈인사를 하며 상석의 중앙 자리로 가서 앉았다.

주변의 요인들이 그의 뒤를 따라서 자리에 앉고, 이어서 장내의 모두가 착석했다.

물론 다른 사람들과 상관없이 그냥 서 있는 사람도 있었다.

설무백의 뒤로 돌아가서 시립한 공야무륵과, 내내 암중에서 따르다가 순간 공야무륵의 곁에서 모습을 드러낸 애꾸눈의 혈영과 외팔이 사도가 그랬다.

설무백은 상석에 앉아서 탁 트인 전방과 좌우를 굽어보며 새삼 느껴지는 풍무장의 웅장함에 절로 고개를 끄덕이며 말했다.

"과분하게 크고 멋지네. 그런데 왜 이름이 풍무장(風武場)이야?"

상석 아래, 광풍대원들의 자리를 곁에 두고 천타와 나란히 서서 무언가 대화를 나누고 있던 제갈명이 대수롭지 않게 대꾸했다.

"별 뜻 없습니다. 풍잔의 연무장이니, 풍무장인 거죠."

설무백은 정말로 별 뜻 없이 지은 이름이구나 하며 내심 고소를 금치 못하다가 그만 본의 아니게 그 대답을 한 제갈명이 시선을 돌리지 않고 계속해서 빤히 쳐다보고 있는 것을 뒤늦게 발견했다.

"왜?"

설무백이 어리둥절해하자, 제갈명이 이럴 줄 알았다는 듯 오만상을 찡그리며 한숨을 내쉬었다.

"어제 제가 드린 말씀은 그냥 깡그리 다 잊었다는 거죠?"

설무백은 눈을 깜빡였다.

그제야 기억났다.

제갈명이 어제 그를 새로운 거처로 안내해 주며 당부한 말이 있었다.

적잖은 시간동안 자리를 비웠다가 돌아온 것이니, 수하들의 사기 진작을 위해서 상투적이라도 간단하게나마 위로의 말을 준비하라고 했었다.

"그런 걸 무슨 준비씩이나……."

그는 무심하게 어깨를 으쓱이며 자리에서 일어났다.

이래저래 얼추 일천을 헤아리는 좌중의 모든 시선이 그에게 집중되었다. 그는 본의 아니게 모든 사람들을 굽어보며 말했다.

"무슨 일을 하든지 간에 자신의 진정한 위치를 아는 것은 매우 중요하다. 오늘이 그날이다. 이 자리의 모두에게 광풍대의 서열 비무에 참가할 수 있는 자격을 준다."

그의 목소리는 나직했으나, 모종의 기운이 담겨 있어서 장내의 모두가 똑똑히 들을 수 있었다.

그러나 환호나 환성 같은 것은 터지지 않았다.

초록은 동색이라고 어느새 그들도 그처럼 매사에 담백해진 것인지도 모른다.

그는 환호나 환성 대신 장내의 이곳저곳에서 소리 없이 비등하는 투지를 느낄 수 있었다.

그때 제갈명이 적잖게 당황한 기색으로 주변의 눈치를 보며 속삭이듯 물었다.

"정말 모두에게 참가할 자격을 주신다고요?"

설무백은 특유의 미온한 미소를 지으며 제갈명이 아니라 그 곁에 서 있는 천타에게 말했다.

"괜찮지?"

천타는 씩 웃으며 공수했다.

"여부가 있겠습니까."

설무백은 가볍게 고개를 끄덕이며 자리에 앉았다.

"그럼 시작해."

천타가 새삼 깊이 고개를 숙여 보이고 돌아서서 소리쳤다.

"지금부터 광풍대의 서열 비무를 시작한다! 늘 그렇듯 시작은 막내부터다!"

광풍대원들의 말석에 앉은 사내가 자리에서 일어나서 계단을 내려갔다.

막내인 사내는 공식적으로 광풍구십구랑이고, 자리를 벗어나서 계단을 내려가고 있으니, 상위 서열에 도전할 의사가 있다는 뜻이었다.

장내, 풍무장에서는 그제야 왁자지껄한 함성이 터졌다.

바야흐로 서열 비무의 시작을 알리는 함성이었다.

후기지수後起之秀 (6)

"쟤 이름이……?"

설무백은 광풍구십구랑의 이름이 기억나지 않아서 절로 미간이 찌푸려졌다.

풍사가 피식 웃으며 말했다.

"그 고질병은 여전하시네요. 토웅(土熊)입니다."

"아, 그래, 족제비였지!"

"예, 족제비처럼 날랜 아이죠. 나이도 스물다섯으로, 맹효 다음으로 어려서 모두의 기대를 받는 녀석이기도 하고요."

설무백은 이제야 토웅에 관한 예전의 기억이 모두 되살아나서 새삼 미간을 찌푸렸다.

그가 아는 토웅의 실력은 예전에도 막내로 지내기에는 아쉬울 정도로 뛰어났었다.

그런데 아직도 막내인 것이다.

이건 어떤 의미일까?

토웅에게 서열에 대한 욕심이 없는 것일까?

아니면 그만이 아니라 광풍대원들 대부분이 딱히 서열에 집착하지 않는다는 뜻일까?

'여전히 서열 비무라는 전통을 중시하는 것을 보면 서열에 대한 집착이 없다고 보긴 어렵겠지.'

설무백은 그런 생각이 드니 더욱 궁금해졌다.

"왜 아직도 토웅이 막내지?"

풍사가 왜 그런 생각을 하는지 익히 짐작이 간다는 듯 웃는 낯으로 대답했다.

"워낙 내성적인 아이라 친한 사람도 별로 없고, 그래서 아는 사람만 별로 없지만, 본디 누구를 이기는 걸 미안해하는 성격입니다. 족제비처럼 날래지만, 족제비처럼 사납지는 못한 녀석이죠."

"근데, 이제 그 마음이 바뀌었다?"

"바뀐 것이 아니라 성숙해진 거죠. 고작 서열의 차이로 인해 광풍대원들 간의 관계가 틀어지지는 않는다는 사실을 이제야 깨달은 것 같습니다."

설무백은 반색했다.

"오, 그래? 그럼 오늘 서열 비무는 정말 재미있겠군. 내숭쟁이 토옹이 그렇다면 여태 잠자코 있던 다른 녀석들도 이미 다들 생각이 바뀌었다는 뜻일 테니까 말이야."

풍사가 피식 웃으며 인정했다.

"오늘은 그래서 저도 적잖게 흥미롭습니다. 게다가 광풍대원들이 아닌 친구들에게도 참가할 수 있는 자격이 주어졌으니, 오늘 서열 비무는 정말이지 기대가 됩니다."

설무백은 못내 그와 같은 마음이 들어서 절로 고개를 끄덕이며 토옹을 주시했다.

계단을 내려간 토옹은 이미 풍무장의 중앙에 횟가루를 뿌려서 그려 놓은 반경 십여 장의 원 안으로 들어가 정면의 전각 아래 자리한 광풍대원들을 바라보고 있었다.

정확히는 거기 서 있던 두 사람 중 하나, 광풍대의 대주인 천타를 바라보는 것이다.

천타가 그의 시선에 반응해서 말했다.

"선택해라. 누구냐?"

토옹의 시선이 한 사람에게 고정되었다.

"십삼랑에게 도전하겠습니다!"

광풍대의 열세 번째 서열인 사내, 광풍십삼랑 백주사(白蛛絲)는 갑작스러운 토옹의 시선과 호명에도 불구하고 아무렇지 않게 자리에서 일어나서 계단을 내려갔다.

약간 어리둥절해하는 것처럼 보이기도 했으나, 한순간에 스쳐 지나간 표정이라 정말 그랬는지 알 수 없었다.

설무백은 고개를 갸웃했다.

"백주사를 지명하다니, 의외네?"

풍사가 물었다.

"너무 높은 서열을 지명했다는 건가요?"

"아니, 어째 너무 상극을 선택한 것 같아서……."

광풍대원들은 이전인 광풍사의 전례에 따라 전원이 협인장창(狹刃長槍)을 사용하며, 다들 상당한 수준의 경지를 이루고 있지만, 저마다의 장기는 따로 있다.

그리고 설무백이 기억하기에 토웅의 장기는 두 자루 단도로 펼치는 회풍비(回風匕)라는 쌍비단도술이고, 백주사의 장기는 편법(鞭法), 즉 채찍을 사용하는 무공이었다.

단도는 단병이라는 특성상 장병인 채찍에게 상대적으로 약할 수밖에 없었다.

물론 단병을 사용한다고 해서 장병에게 무조건 불리한 것은 아니다.

상대보다 월등한 신법을 가졌다면 단병으로도 얼마든지 장병을 압도할 수 있다.

그러나 토웅의 입장에서 백주사는 안타깝게도 광풍대원들 중에서도 손꼽히는 신법의 달인이었다.

백주사, 즉 하얀 거미줄이라는 이름은 탁월한 신법으로 빠르게 움직이며 휘두르기에 마치 백색의 섬광처럼 보이는 그의 채찍에 기인한 것이었다.

이건 아무래도 토웅이 이기기 어려운 싸움, 잘못된 선택으로 보였다.

그런데 아무래도 그렇게 생각했던 설무백은 판단이 틀린 것 같았다.

그의 말을 들은 풍사의 반응이 그랬다.

"아닐 걸요?"

"뭐야? 뭘 더 알고 있는 거야?"

설무백이 대번에 눈치를 채고 다그치자, 풍사가 웃는 낯으로 대답해 주었다.

"광풍대원들 중에서 지금까지 오대풍령무(五大風靈武)을 전부 다 전수받은 인원이 고작 아홉 명인데, 그중 하나가 바로 토웅입니다. 그것도 맹효에 이어 두 번째, 바로 차석이지요."

"오대풍령무……?"

"모르십니까?"

"알면 내가 지금 이런 표정으로 묻겠어?"

설무백이 한껏 일그러트린 얼굴로 풍사를 노려보았다.

풍사가 멋쩍게 웃으며 설명했다.

"전에 주군께서 애들에게 알려 주라고 전해 준 무공을 지금은 다들 그렇게 부릅니다. 각기 풍령권(風靈拳), 풍령검(風靈劍), 풍령도(風靈刀), 풍령창(風靈槍), 풍령신(風靈身)이고, 그래서 오대풍령무라고 하지요."

설무백은 처음 듣는 얘기라 절로 질문이 나갔다.

"대체 누가 그렇게 지은 거야?"

풍사가 묘한 표정으로 반문했다.

"마음에 안 드십니까?"

설무백은 그의 표정을 보고 알았다.

"풍 아재야?"

풍사가 계면쩍은 표정으로 대답했다.

"이름이 없으니, 왠지 없어서 보여서…… 오대풍령무라고 하니 뭔가 있어 보이지 않습니까?"

설무백은 멋쩍게 웃으며 되묻는 풍사의 태도에 감히 아니라는 말은 할 수가 없었다.

"괜찮긴 하네. 아무튼, 그러니까 토웅이 익힌 오대풍령무의 경지가 상당해서 이런저런 단점을 감안해도 능히 백주사를 감당할 수 있을 거다?"

"감당하는 정도가 아니라 완전히 압도할 겁니다."

"압도……?"

"토웅은 오대풍령무를 전부 다 전수받은 아홉 명 중에서도 유일하게 맹효와 쌍벽을 이루는 녀석입니다. 반면에 백주사는 겨우 풍령창과 풍령신만을 전수받았습니다. 백주사는 이미 오래전부터 토웅의 상대가 아니었습니다."

"아무리 그래도……?"

설무백은 아무리 정말로 그렇다고 해도 풍사의 단정을 선뜻 수긍하기가 어려웠다.

토웅의 재질을 익히 인정하는 바이나, 고작 그가 전해 준 몇 가지의 무공들로 인해 기존의 차이가 무시된다는 것은 좀처럼 납득할 수 없는 일이었다.

풍사가 그런 그의 반응을 가만히 쳐다보다가 문득 뜻 모를 미소를 지으며 밑도 끝도 없이 불쑥 물었다.

"주군, 혹시 손에 어느 정도의 힘을 줘야 개미 뒷다리를 떼어 낼 수 있는지 아십니까?"

설무백은 황당했지만, 무언가 의미가 있는 질문이라는 생각이 들어서 잠시 생각해 보다가 대답했다.

"해 봐야 알겠는데⋯⋯?".

풍사가 의미심장하게 말했다.

"바로 그겁니다. 강한 쪽이나 약한 쪽이나 한계점이 있습니다. 그리고 그 어느 쪽으로든 한계점에 다가서면 잘 모르죠. 어느 정도가 자신이 원하는 것을 얻을 수 있는 힘인지 말입니다. 지금 주군께서는 그런 겁니다. 너무 큰 힘을 가지고 있어서 오대풍령무가 대체 어느 정도인지 잘 모르는 거죠."

설무백은 지금 풍사가 하는 말이 무슨 뜻인지 충분히 알아듣긴 했으나, 여전히 수긍하기는 어려웠다.

과연 정말 그런가 하는 의구심만 들었다.

그때 풍무장의 중앙에 횟가루로 그려 놓은 원 안에서 토웅과 백주사의 비무가 시작되었다.

토웅의 선공이었다.

붉은 빛의 쌍비단도를 양손에 뽑아 든 그가 마치 누가 뒤에서 밀어 버린 것처럼 돌발적으로 쏘아져서 백주사를 덮쳤다.

역시나 단병을 사용하는 그가 보다 적극적으로 거리를 좁히려는 것으로 보였다.

백주사가 만만치 않게 대응했다.

그는 마치 광풍십삼랑이라는 서열이 거저 얻을 수 없다는 것을 증명해 보이기라도 하듯 아무런 사전 동작도 없이 화살처럼 쏘아진 토웅과 거의 같은 속도로 물러나면서 반격을 가했다.

물러나는 와중에 토웅과 달리 애초에 들고 나온 한 자루 장창을 빨랫줄처럼 직선으로 뻗어 내는 반격이었다.

두 사람의 거리가 그대로 유지된 상태에서 일 장에 달하는 장창이 뻗어진 것이다.

토웅의 입장에선 쇄도해 가던 속도와 맞물려서 극도로 까다로운 반격인지라 공격을 멈추는 것 말고는 달리 대항할 방법이 없어 보였다.

그러나 토웅은 멈추지 않았다.

그는 이미 이 같은 백주사의 반격을 예상이라도 한 것처럼 좌수의 단도를 휘둘러서 찔러 드는 창극을 옆으로 쳐 내고, 가속이 붙은 것처럼 더욱 빠르게 깊숙이 파고들어 우수의 단도로 백주사의 가슴을 노렸다.

그런데 토웅이 왼손의 단도로 쳐 낸 백주사의 장창은 옆으로 내쳐진 것이 아니었다.

마치 흐느적거리는 나뭇가지를 후려친 것처럼 단도로 쳐낸 창극이 그리고 이어서 창대가 출렁이듯 휘어져서 단도를 쥐고 있는 토웅의 손목을 휘감았다.

백주사의 장창은 단순한 창이 아니라 몸체가 수십 개의 조각으로 나뉘어져 중앙을 관통하는 쇠사슬로 연결되어 있는 조립식 창이었다. 쇠사슬을 당겨서 고정하면 창이 되고, 쇠사슬을 늘이면 길이가 무려 열한 자의 채찍으로 변하는 기문병기인 것이다.

그러나 토웅은 그마저도 이미 예상한 것 같았다.

그는 팔목을 휘감는 채찍을, 바로 철편(鐵鞭)을 표정은커녕 안색 하나 변하지 않고 그대로 움켜잡고 당겨서 쇄도해 가는 자신의 신형에 가속을 붙이는 것으로 이용했다.

과감한 그 수법이 그대로 성공했다.

백주사는 순간적으로 채찍의 손잡이를 튕겨서 투웅을 떨쳐내려 했으나, 소용없었다.

모름지기 긴 채찍을 휘두를 때, 손잡이에는 약간의 힘을 주고 튕겨도 채찍의 끝에는 엄청나게 큰 힘이 생기는 법이다.

따라서 채찍의 끝이 휘감은 토웅의 손목에는 엄청나게 과중한 압력이 전해졌을 텐데, 토웅은 꿈쩍도 하지 않고 채찍을 당겨서 순식간에 백주사의 가슴으로 파고들었다.

퍽―!

토웅의 손이 달라붙은 백주사의 가슴에서 둔탁한 소음이 작렬했다.

"크으……!"

채찍을 놓친 백주사가 억눌린 신음을 흘리며 저만치 날아 갔다.

여지없이 바닥을 구른 그는 반사적으로 일어나긴 했으나, 이내 다시 한무릎을 꿇어서 더는 비무를 속행할 수 없음을 보였다.

토웅이 뒤로 물러나서 백주사를 향해 공수했다.

"양보해 주셔서 감사합니다."

백주사가 비틀린 미소를 지은 채 입가의 핏물을 소매로 닦으며 잡아먹을 듯이 토웅을 노려보았다.

"이런 건방진 새끼! 너 지금 아파 죽겠는 사람 앞에서 멋 부리냐?"

토웅이 그저 싱긋 웃었다.

장내의 모든 사람들과 마찬가지로 그 역시 백주사가 사납게 욕을 하고 있음에도 불구하고 전혀 억울해하는 기색이 아니라는 것을 느끼고 있는 것이다.

설무백은 그 모습을 보며 절로 기꺼운 얼굴이 되어서 고개를 끄덕거렸다.

확실히 풍사의 말 그대로였다.

토웅의 실력이 백주사를 압도한다는 것을 말하는 것이 아니라 오대풍령무에 대한 평가를 두고 드는 생각이었다.

백주사를 압도한 토웅의 실력은 말할 것도 없고, 백주사의 실력 또한 이미 그가 예상한 경지를 벗어나 있었다.

굳이 비교하자면 그가 기억하는 이전의 경지를 족히 수배는 능가하는 것이었다.

과연 오대풍령무로 인해 향상된 그들의 실력은 그가 생각한 이상이었다.

그때 풍사가 그런 그의 생각을 읽은 듯 의기양양한 모습으로 쳐다보며 말했다.

"제 말이 맞죠?"

설무백은 인정했다.

"그렇군."

풍사가 웃었다.

설무백의 입가에도 전에 없던 미소가 떠오르고 있었다.

백주사가 그사이 부상도 치료하지 않은 채 먼저 본래의 자리로 돌아가 앉았다.

토웅이 그제야 장내의 모두에게 공수하고, 마지막으로 설무백을 향해 고개를 숙였다.

천타가 그 앞에서 그의 지위가 광풍구십구랑에서 광풍십삼랑으로 바뀌었음을 선언했다.

그리고 아무렇지도 않게 그다음 순서가 진행되었다.

광풍구십팔랑 청면사(靑面蛇)가 호명하기도 전에 풍무장의 중앙으로 나선 것이다.

천타가 그를 향해 물었다.

"누구?"

청면사가 대답했다.

"사십사랑에게 도전하겠습니다!"

광풍사십사랑은 광풍대원들 중에서 가장 체구가 크기로 유명한 대왕서(大王鼠)였다.

대왕서, 직역하면 대왕쥐이다.

엄청난 덩치를 자랑하는 그가 하필이면 왜 대왕쥐인지는 모르는 사람도 이내 짐작할 수 있었다.

덩치와 어울리지 않게 그의 무기가 손톱이었기 때문이다.

대왕서는 강조(鋼爪)를, 바로 손가락에 끼우는 가짜 손톱을 무기로 사용하며 경신술과 할퀴기가, 이른 바 응사조법(鷹蛇爪法)이 특기였다.

"이번에도 매우 흥미로운 대결이네요."

풍사가 작은 체구에 바짝 마른 청면사와 족히 구척에 달하는 거구의 대왕서가 대치를 주시하며 보란 듯이 손바닥을 비빌 때였다.

무당마검 적현자가 시큰둥한 목소리로 혼잣말처럼, 하지만 모두에게 들으라는 듯이 중얼거렸다.

"이게 흥미로운가? 난 잘 모르겠군. 대체 왜 이렇게 쓸데없는 비무를 하는 거지?"

장내의 시선이, 적어도 적현자의 주변에 앉은 사람들의 모든 시선이 일시에 돌려졌다.

　대부분이 격노한 눈빛이었다.

　적현자의 주변에는, 정확히 아래쪽의 지근거리에는 광풍대원들이 앉아 있었다.

　그들, 광풍대원들 모두는 분노한 기색, 싸늘한 눈초리로 적현자를 노려보았다.

　상석에 자리한 풍사의 눈빛에도 노골적으로 불쾌함이 가득 드러났다.

　비무장에 나서서 대치하던 청면사와 대왕서까지 적현자를 노려보고 있었다.

　제법 거리가 떨어져 있었으나, 그들도 그 정도 이목은 지닌 고수들인 것인데, 그 바람에 차츰차츰 풍무장의 모든 시선이 적현자에게 쏠렸다.

　당연한 반응이었다.

　지금 벌어지는 서열 비무는 광풍대의 전신인 광풍사의 오랜 전통이며, 신성시되던 의식과도 같은 것이다.

　그런데 그들이 그처럼 거룩하고 성스러운 것으로 여기는 행사를 적현자는 쓸데없는 비무라고 비하했다.

　그건 광풍대원들에게 다시없을 모욕이요, 모독이었다.

　그리고 적어도 지금 이 자리에 모인 풍잔의 식구들은 그와 같은 사실을 하나도 빠짐없이 다 알고 있었다.

장내가 찬물을 끼얹은 것처럼 조용해지며 대번에 냉랭하게 얼어붙었다.

살기까지는 아니었으나, 그에 준하는 적개심이 휘몰아치고 있었다.

여차하면 광풍대원들의 대다수가 칼을 뽑아 들고 나설 것 같은 상황이었다.

광풍대원들은 상대인 적현자가 과거 천하제이고수로 불리던 무당마검이라는 사실을 모르기도 했지만, 설령 알고 있다고 해도 달라질 상황이 전혀 아니었다.

그들은 기본적으로 상대를 봐 가며 싸우는 자들이 절대 아니었기 때문이다.

다만 지금 현장에는 그들이 하늘처럼 믿고 따르는 설무백이 자리하고 있었다.

평소 말보다 주먹이 앞서는 그들이 극도로 분노하면서도 죽은 듯이 침묵하고 있는 이유가 그 때문이었다.

설무백은 당연히 그런 장내의 분위기를 파악하고 쓰게 입맛을 다셨다.

그리고 보란 듯이 광풍대원들을 일별하며 무심한 듯 냉정하게 적현자를 향해 말했다.

"우리 풍잔의 정예들을 단번에 적으로 돌려놓다니, 정말 대단한 능력이시네요. 그 능력이야 차차 알아보기로 하고, 우선 왜 그런 생각을 했는지부터 제가 들어 볼 수 있을까요?"

설무백이 나섰음에도 불구하고 풍무장의 분위기는 한층 더 냉랭하게 얼어붙었다.

적현자의 태도가 어느새 저 멀리 앉은 사람에게까지 전해졌기 때문이다.

누가 뭐래도 광풍대는 풍잔의 기둥이자, 정예이며, 상징과도 같았다.

한마디로 광풍대를 무시하는 것은 풍잔의 모두를 무시하는 것과 다르지 않다는 것이다.

적현자는 아무리 눈치가 없는 사람도 충분히 느낄 수 있는 그런 장내의 적의를 전혀 느끼지 못하는 것처럼 아무렇지 않게 대답했다.

"당연한 것을 이상하다는 듯이 물으니 내가 오히려 매우 당혹스럽군. 정말 몰라서 묻는 건가?"

설무백은 경고하듯 말했다.

"무슨 생각인지 짐작은 됩니다만, 지금 중요한 건 그게 아닙니다. 제가 알든 모르든 자꾸 이런 식으로 강조하면 분위기만 더욱 험악해지니, 괜한 짓 그만하시고 어서 그 당연하다고 여기는 생각이나 말해 보세요."

적현자가 삐딱하게 무백을 바라보았다.

"이러니저러니 해도 팔은 안으로 굽는다, 뭐 이런 건가?"

"왜 아니겠습니까, 다만 그에 앞서······."

설무백은 의미심장하게 말했다.

"종복이면 종복답게 굴어 달라는 당부입니다."

적현자가 비릿한 미소를 보였다.

"당부가 아니라 경고 같은데?"

설무백은 대수롭지 않게 고개를 끄덕였다.

"그렇게 들리셨다면 그렇게 이해해도 됩니다."

적현자의 안색이 싸늘하게 굳어졌다.

설무백은 어디까지나 무심한 얼굴로 그런 그의 시선을 마주했다.

적현자의 눈가에서 경련이 일어났다.

설무백은 슬쩍 고개를 저었다.

"그러지 마세요. 제가 좀 신중하긴 해도 경고는 한 번으로 족하지, 두 번은 안 합니다."

적현자가 무색한 미소를 흘렸다.

"무섭네."

그는 이내 한숨과 함께 알았다는 듯 고개를 끄덕이며 설무백이 던진 질문에 대답했다.

"무공은 지극히 상대적이라 무공의 상성에 따라 누군가에게는 강한 면모를 드러내다가도, 또 다른 이에게는 한없이 약한 모습으로 밀릴 수도 있지. 그래서 하는 말이다."

그는 똑똑히 잘 들으라는 듯 아무렇지도 않게 칼날처럼 예리한 장내의 시선을 둘러보며 말을 이었다.

"말이 좋아 비무지, 이것 역시 싸움이다. 그리고 세상의 그 누구도 지기 위해서 싸우는 사람은 없다. 싸움에서 이기려면 어떻게 해야 하나?"

그는 두 눈을 예리하게 빛내며 자신이 던진 질문에 스스로 힘주어 답했다.

"가장 쉬운 방법은 자신에게 유리한 상대를 고르는 거다. 너희들도 그럴 테지. 그래서 이게 쓸데없는 비무라는 거다. 승리해 봤자 비무를 한 그 상대에게만 강할 뿐, 다른 사람에게는 설령 그보다 아래 서열의 누군가보다도 약할 수 있다. 즉!"

그는 앞서 승리하고 자리에 앉아 있는 토웅과 패배한 백주사, 그리고 지금 비무장에 대치한 청면사와 대왕서를 비웃는 듯한 눈초리로 쓸어보며 말을 이었다.

"오늘 상대적으로 유리한 자에게 도전해서 그 자리를 차지해 봤자, 다음에는 또 그보다 상대적으로 유리한 무공을 가진 누군가의 도전을 받아서 그 자리를 빼앗길 거다. 해서, 결국 이건 돌고 도는 서열 놀음이라는 건데, 대체 이따위 짓을 왜 하냐는 거다, 나는."

설무백은 가일층 들끓는 장내의 적의와 상관없이 피식 웃었다.

그는 이제야 적현자의 이러한 태도를 이해했다.

적현자의 태도는 평생을 명문 정파인 무당파의 그늘에서 살아 온 무인의 협소해진 사고방식에 기인하고 있었다.

그럴 수밖에 없었다.

약육강식, 강자존의 세상인 무림에 살면서도 강하든 약하든 항렬에 따라 정해진 서열로 인정받고 고개를 숙여야 하는 것이 그들, 무당파의 율법이며, 제자들의 변할 수 없는 사고방식이었다.

하물며 적현자는 그런 무당파의 제자들보다도 더욱 그와 같은 사고방식에 젖어 있는 사람이었다.

지난 수십 년간 산에 처박혀서 사느라 강호에 나서 본 적이 한 번도 없었기 때문에 더욱 그랬다.

그러니 어떻게 그의 고지직한 사고방식으로 강하면 얼마든지 높이 올라갈 수 있으며, 반면에 약하면 얼마든지 추락할 수 있는 흑도의 생활 방식을, 그리고 그런 철칙에 따라 진보하는 흑도의 성향을 이해할 수 있을 것인가.

절대 이해할 수 없을 것이다.

하지만 설무백은 구태여 그런 흑도의 성향에 대해 말해 주었다.

"왜 그러냐면 그렇게 돌고 돌면서 진보해 나아가는 것이 바로 우리들이니까요. 아니, 우리만이 아니라 대다수의 흑도가 다 그럴걸요, 아마?"

요컨대 광풍대의 서열 비무가 상대적으로 자신에게 유리한 상대를 지목해서 도전하는 것은 맞다.

그래서 얼핏 생각하기에는 그에게만 강하기에 언제고 다른 아래 서열의 도전을 방어하지 못해서 다시 서열이 떨어질 테니, 하나마나한 도전이라고 생각할 테지만, 사실은 전혀 그렇지 않았다.

누군가 도전해서 이기면 승자는 그 자리를 차지하지만 패자는 승자의 자리로 내려가는 것이 아니라 그저 본래의 서열에서 한 계단을 내려갈 뿐이고, 이내 그에게도 새로운 도전의 기회가 찾아오기 때문이다.

결국 끝없는 도전과 하락을 통해서 발전하고, 비약하며, 끝내 진정한 서열이 정해지는 것이 바로 광풍대의 서열 비무였다.

"……."

설무백의 설명을 들은 적현자가 오만상을 찡그렸다.

여전히 조금도 이해하지 못하는 기색이었다.

하긴, 실질적인 무력보다 항렬이 우선인 그의 사고방식으로는 쉽게 이해할 수 없는 세계일 터이다.

설무백은 직접적인 비교로 설명을 더했다.

"무당파에선 자신보다 높은 항렬의 제자와 비무해서 이겼다고 해도 그 항렬을 차지하진 못하지요. 즉, 강한 것과 서열이 별개로 존재하는 겁니다."

그리고 보란 듯이 고개를 저으며 의미심장한 미소를 지었다.

"하지만 우리는 다릅니다. 이기고 지면 서열이 바뀝니다. 말로만 바뀌는 것이 아니라, 실로 그렇습니다. 이기면 여태

나를 부리던 상관에게 명령을 내릴 수 있게 되고, 지면 어제까지 내가 부리던 졸개의 명령을 목숨 걸고 수행해야 합니다. 예의와 무관하게 실질적인 상명하복이 그렇게 바뀐다는 뜻입니다."

그는 말을 끝맺으며 불쑥 물었다.

"이래도 쓸데없는 비무로 보이십니까?"

추호도 가감 없이 그저 있는 그대로의 설명에 덧붙인 질문이었으나, 지켜보던 장내의 모두에게는, 특히 광풍대원들에게는 자신들이 할 수 없는 통쾌한 반격으로 느껴진 것 같았다.

분노로 들끓던 장내의 분위기가 조금은 누그러졌다.

그러나 적현자의 입장에서 설무백의 설명이 얼토당토않은 비약으로 다가온 모양이었다.

그는 어처구니가 없다는 듯 코웃음을 쳤다.

"지금 내가 세속과 오래 떨어져 살았음을 두고 희롱하는 게냐! 대체 사람이 어떻게 하루아침에 그럴 수가 있어!"

"그럴 수 있습니다. 지금 우리가 그러고 있습니다."

"헛소리!"

"자신이 모르는 일은 다 헛소리인 겁니까?"

설무백은 흥분한 적현자와 달리 태연하게 반문하며 부연했다.

"세상에는 자신이 아는 일보다 모르는 일이 더 많습니다.

잘 알면서 괜한 오기로 떼쓰지 마세요."

적현자가 한 대 맞아서 충격을 받은 것 같은 표정으로 말을 더듬었다.

"내, 내가……! 이 적현자가 떼를 쓴다고……?"

설무백은 대수롭지 않게 대꾸했다.

"시간이 좀먹은 것도 아니고, 그저 조용히 기다리면 모든 의심이 자연히 다 해결될 텐데, 이렇게 쓸데없이 악을 쓰고 있으니 떼가 아니면 대체 뭡니까? 설마 망령입니까?"

"……!"

분노에 불타는 눈으로 설무백을 바라보던 적현자가 입술을 파르르 떨었다.

너무나도 기가 막히고 어처구니가 없어서 새파랗게 질려 버린 모습이었다.

이마에 튀어나온 검붉은 핏대가 그의 분노를 말해 주고 있었다.

거의 폭발하기 직전의 화약고였다.

하지만 설무백은 그에 아랑곳하지 않고 심드렁한 표정으로 싸늘한 경고를 더했다.

"마지막으로 말합니다. 종복이면 종복답게 행동하세요. 지금 이 순간부터 한 번만 더 주제넘게 나서면 더는 참지 않을 겁니다."

너무 차가우면 오히려 뜨겁게 느껴지는 것처럼 너무 뜨거

워도 오히려 차갑게 느껴진다.

지금 적현자가 그래 보였다.

한계를 넘어선 분노가 내면으로 파고들어서 오히려 고요하게 느껴지는 것처럼, 그는 더 없이 무심해진 기색으로 변해서 침묵했다.

그게 어떤 의미인지는 모르겠으나, 설무백은 그런 그의 태도를 용납하지 않았다.

"침묵은 긍정도, 부정도 아닙니다. 그 어느 것도 선택하지 못한 반감일 뿐이죠. 제가 굳이 그런 종복을 곁에 둘 필요가 있을까요?"

적현자의 눈썹이 꿈틀했다.

평소라면 아무도 관심 가지지 않을 그 모습이 주변의 수많은 사람들을 움직이게 만들었다.

알게 모르게 움직이는 반응들이었다.

예충이 슬며시 자리에서 일어나는 가운데, 환사와 천월의 두 눈에 싸늘한 기광이 스쳤다.

공야무륵이 노골적으로 도끼의 손잡이를 잡아가며 살기를 드러냈다.

혈영과 사도가 슬쩍 옆으로 빠져서 설무백의 사각을 봉쇄하고, 풍사와 천타, 대력귀, 사문지현, 철마립, 화사 등, 풍잔의 요인들이 예리해진 눈초리로 적현자를 주시했다.

적현자의 곁에 앉아 있는 새로운 식구들도 예민한 반응을 보였다.

거의 대부분이 적현자를 거북하게 느끼고 적의를 노골적으로 드러내고 있었다.

특히 요미의 경우는 풍잔의 요인들보다도 더 심하게 반응했다.

전신에서 사이한 기운을 풍기는 그녀의 두 눈이 거짓말처럼 눈동자가 사라진 회백색으로 변해서 기괴하면서도 섬뜩한 느낌으로 적현자의 얼굴을 주시하고 있었다.

말 그대로 일촉즉발의 순간.

"알았다."

적현자가 히죽 웃는 낯으로 불쑥 입을 열어서 그의 질문 아닌 질문에 대답했다.

"앞으로 주의, 아니, 다시는 이런 일이 없도록 하지!"

극도로 치솟던 긴장감이 삽시간에 날아갔다.

장내가 한차례 크게 출렁거린 것처럼 보였다.

다들 예기치 못한 변화에 허무하고 허탈해진 모습으로 완전히 맥이 빠져서 그렇게 느껴진 듯했다.

이유야 어쨌든, 그 바람에 가없이 불어나서 장내를 휘감은 적현자에 대한 적개심이 씻은 듯이 사라졌다.

장내의 모두를 대변하는 듯한 발언과 순수한 기세 혹은 기백으로 천하의 무당마검 적현자를 완벽하게 누르고 제압해 버린 설무백의 존재감이 그 자리를 대신했다.

강렬한 그 존재감을, 그저 가만히 서 있었음에도 불구하고 위압적인 그 무게를, 소위 위엄이 드러나는 그의 기상을 일천을 헤아리는 장내의 모두가 경이로운 시선으로 바라보고 있었다.

　설무백은 그런 장내의 분위기도 분위기지만, 그에 앞서 졸지에 고개 숙인 적현자의 태도가 더 멋쩍어서 잠시 침묵했다.

　이윽고, 그는 애써 심드렁한 표정을 하고서 애꿎은 천타를 향해 언성을 높였다.

　"뭐 해? 어서 시작하지 않고?"

　"아, 옙!"

　천타가 정신을 차리며 서둘렀다.

　광풍대의 서열 비무가 새삼스러운 분위기 속에서 빠르게 진행되어 나갔다.

　그리고 전에 없는 활기 속에 숱한 명장면과 이변을 연출하며 역대 처음 당일로 끝나지 않고 하루를 더 연장하게 되었다.

　풍잔의 모두가 흥분의 열기로 가득 찬 그날 밤, 설무백은 못내 혹시나 하던 사람의 은밀한 방문을 받았다.

　적현자였다.

　자시(子時 : 오후11~오전1시)를 훌쩍 넘긴 야심한 시각이었다.

　설무백은 남들보다 일찍 식사를 마치고 거처로 돌아와서

이런저런 주변 정리를 끝냈다.

그리고 늘 그렇듯 운기조식으로 잠을 대신하려던 그는 이내 그만두고는 다탁을 벽에 붙인 침상 가의 의자에 털썩 앉아서 창문을 향해 말했다.

"노예 신분에서 해방되기 위해 은밀하게 죽이시려는 거라면 이미 물 건너갔으니 포기하고 조용히 사라지고요, 그게 아니라 다른 용무가 있어서 찾아온 거라면 괜히 뜸들이지 말고 그만 들어오세요."

창문이 열리며 한줄기 바람이 불어왔다.

바람이 멈춘 설무백의 맞은편에는 홀연히 모습을 드러낸 적현자가 서 있었다.

설무백은 무심하게 그를 바라보며 턱짓으로 의자를 가리켰다.

"지붕 안 무너지니까 앉으시죠?"

적현자가 의자를 빼서 털썩 앉으며 무언가 한심하다는 듯이 그를 바라보며 말했다.

"넌 이런 야심한 시간에 갑자기 찾아온 내가 놀랍지도 않냐?"

설무백은 본의 아니게 대꾸를 뒤로 미루었다.

암중의 혈영과 사도가 그 순간에 모습을 드러내며 깊이 고개를 숙여 사죄했기 때문이다.

"죄송합니다!"

적현자의 접근을 미처 파악하지 못한 것에 대한 용서를 비는 것이었다.

설무백은 짐짓 눈살을 찌푸리며 타박했다.

"감당할 수 없는 것까지 감당하라는 소리는 하지 않아. 그러니 말로 하는 이런 사과 대신에 감당할 수 없는 것까지 감당할 수 있도록 노력이나 해."

"알겠습니다!"

"최선을 다하겠습니다!"

혈영과 사도가 새삼 깊이 허리를 접어 대답하고는 어쩔 수 없는 본능처럼 힐끗 적현자를 노려보며 그 자리에서 빠르게 사라졌다.

설무백은 그제야 적현자에게 시선을 주며 앞선 질문에 대답했다.

"저 놀라게 해 주시려고 이런 야심한 시각에 찾아온 거라면 성공했습니다. 저 많이 놀랐으니까요."

"그니까, 아까 그게 놀란 태도라는 거지?"

"확 뒤로 자빠지는 걸 기대하셨다면 지금이라도 해 드릴 수 있습니다만, 해 드려요?"

"……."

적현자가 물끄러미 쳐다보다가 이내 예리하게 그의 속내를 읽어 내며 물었다.

"하고 싶은 말이 뭐냐?"

설무백은 하고 싶은 말을 했다.

"앞으로는 이러지 마시라는 겁니다. 저 하나 놀라는 건 상
관없는데, 이런 일로 애들 구박하는 건 정말 적성에 안 맞으
니까."

적현자가 피식 웃었다.

"의외로 살가운 주종관계를 바라는 모양이군. 알았다. 앞으
로는 주의하마."

설무백은 예의 무심한 표정으로 돌아가서 물었다.

"그래서 이 야심한 시각에 굳이 저를 찾아온 용건이 뭡니
까?"

적현자가 왠지 모르게 그의 눈치를 보며 잠시 뜸을 들이다
가 자못 어색한 표정으로 말문을 열었다.

"너, 내가 네 사부들인 천하삼기에게 약간의 죄의식을 가
지고 있다는 거 알고 있지?"

설무백은 의외의 말에 절로 머쓱해졌다.

"이렇게 갑작스럽게 그런 고백을요?"

적현자가 언성을 높였다.

"알아, 몰라!"

설무백은 특유의 미온한 미소를 입가에 머금었다.

"제 사부님들에게만이 아니라 예 노에게도 그런 것 같던데
요?"

적현자가 쓰게 입맛을 다시며 인정했다.

"그 친구에게도 그런 면이 없지 않아 있지."

설무백은 전에 없이 묘한 기색인 적현자의 태도에 수상함을 느끼며 재촉했다.

"대체 무슨 말이 하고 싶은 거예요?"

적현자가 힘주어 말했다.

"그게 내 진심이다. 그동안 그들의 악운이 나로 인해 벌어진 것 같아서 많이 괴로운 시간을 보냈다."

"아주 그렇게 보이지는 않지만, 그렇다니 뭐 그렇다고 치고, 그래서요?"

"그래서 절대로 너와의, 아니, 네 사부와의 약속을 어기는 짓은 하지 않을 거다! 하늘이 두 쪽 나도 나는 오 년 동안 틀림없이 네 종복이다! 정말로 믿어도 된다!"

설무백은 한숨을 내쉬며 짜증을 부렸다.

"그러니까, 제게 하려는 말이 뭐냐고요."

적현자가 안색을 바꾸며 말했다.

"딱 하나만 묻자!"

설무백은 무언가 심상치 않은 느낌을 받았으나, 질문을 거절할 정도는 아니었다.

"물어보세요."

적현자가 새삼 머뭇거리다가 이내 작심한 표정으로 눈을 빛내며 물었다.

"너 혹시 천(天)이라는 이름 들어 봤냐?"

"······?"

설무백은 밑도 끝도 없는 적현자의 질문에 대체 이게 뭔가 하다가 이내 섬광처럼 번뜩이며 뇌리를 스치는 무언가가 있었다.

"······!"

적현자가 그런 그의 태도를 예의 주시하며 답변을 기다리지 않고 넌지시 부연했다

"두 해 전의 일이다. 검은 일색의 복장을 한 두 사내가 나를 찾아왔다. 너처럼 새파랗게 젊은데다가 이름이고 뭐고 듣도 보도 못한 녀석들이었는데, 느닷없이 찾아와서는 나보고 천의 수혜자가 되지 않겠냐고 제안했다. 일종의 회유였지. 물론 나는 거절했고, 녀석들은 그대로 떠났다. 나는······."

"우선 내가 먼저 묻죠."

설무백은 불쑥 말을 자르며 물었다.

"왜 그들을 그냥 그대로 보냈습니까?"

적현자가 무섭도록 냉정하게 그의 시선을 마주한 채로 대답했다.

"보낼 수밖에 없었다. 그 정도로 강한 놈들이었다. 하나는 몰라도 둘은 역부족이었다. 게다가 보이지 않는 곳에 그들을 따르는 그림자가 하나 더 있기도 했고. 그들이 합공하면 나로서도 필패였고, 내가 죽은 이후에는 무당이 위태로울 수도 있다는 결론이었다."

설무백은 전신에 소름이 돋았다.

그는 직접 겨뤄 본 까닭에 무백은 다른 누구보다도 적현자의 무위를 잘 알고 있었다.

적현자는 그동안 그가 만나 본 그 누구보다도 강했다.

굳이 비교하자면 그가 아는 천하삼기도 일대일이라면 적현자의 적수가 아니었다.

그런데 고작 둘이서 그런 적현자에게 패배를 자인하게 만들고, 하나가 더해졌다고 해서 무당파의 존립을 걱정하게 만들 정도라면 과연 어느 정도의 고수라는 것일까?

최소한 석년의 천하삼기 사부들과 동급이라는 뜻이었다.

그가 전신에 소름이 돋을 정도로 절로 오싹해진 것이 바로 그 때문이었다.

그는 그럴 만한 고수들을 알고 있었다.

'암천(暗天)!'

설무백은 너무 놀란 나머지 자신도 모르게 입 밖으로 튀어나오려는 그 이름을 애써 씹어 삼키며 말했다.

"정말 믿기 어려운 일이네요. 한데 왜 제게 이 얘기를 해 주는 겁니까? 아니, 그 이전에 왜 내가 그 이름을 알고 있을 것이라고 생각하는 겁니까?"

그러자 적현자가 기다렸다는 듯 충격적인 대답을 내놓았다.

"너에게서 그때 당시 내가 마주했던 그자들의 냄새가 나서

다!"

설무백은 너무나도 기가 막히고 어처구니가 없어서 뭐라고 할 말이 없었다.

적현자가 무언가를 찾아내려고 애쓰는 사람처럼 집요하게 그의 얼굴에서, 정확히는 눈에서 시선을 떼지 않으며 다시 말했다.

"그래, 네게서는 그자들의 냄새가 난다. 처음에는 착각이라고 생각했다. 터무니없이 강한 너에 대한 충격이 과거 그때의 심리적인 충격과 같아서 그런 말도 안 되는 느낌이 드는 것이라고 치부했지. 천하삼기의 제자가, 신창의 손자가 그자들과 연관될 일은 전혀 없으니까."

그는 횃불처럼 이글거리는 눈빛으로 고개를 저으며 자신의 말을 부정했다.

"그런데 오늘 연무장에서 너를 보고 알았다. 착각이 아니었다. 너는 오늘 분명 그자들의 냄새를 풍겼다!"

설무백은 묵묵히 고개를 끄덕였다.

적현자의 태도는 너무나도 분명하고 확고해서 그저 쉽게 아니다 부정하고 넘어갈 수 있는 상황이 아니었다.

무엇보다도 그런 의심을 하면서도 이렇게 대놓고 솔직하게 나오는 적현자의 마음을 충분히 이해할 수 있어서 절대 가볍게 넘길 수 없었다.

설무백이 천하삼기의 공동 전인이자, 신창의 손자임을 아는 적현자는 그자들과 설무백이 절대 하나로 연관 지을 수 없는 사이라는 것을 알고 있었다.

그래서 지금 극도의 혼란스러움을 겪고 있는 것이다.

그래서였다.

설무백은 막말로 머리를 쥐어짜서 최대한 심층적으로 심도 있게 생각하려고 사력을 다했다.

적현자의 입장도 입장이지만 그 자신의 입장에서도 그래야만 했다.

그럴 수밖에 없는 것이, 그가 가진 전생의 기억에 따르면 적현자의 설명에 부합하는 자들은 분명 암천의 그림자들이었다.

그걸 아는 그가 어떤 식으로든 자신에게서 그들, 암천의 그림자들과 유사한 냄새가 풍긴다는 얘기를 듣고, 어찌 가볍게 넘길 수 있단 말인가.

절대 그럴 수 없었다.

무당마검씩이나 되는 당대의 초고수가 기풍 하나 제대로 파악하지 못해서 오판할 가능성은 거의 없었다.

'하지만 나 역시 그들과 엮일 만한 것이 전혀 없다! 그런데 왜? 어째서? 대체 나의 무엇이……? 아, 기도! 아니, 기풍이다!'

설무백은 마치 눈싸움을 하듯 사납고 예리하게 바라보는 적현자의 시선 앞에서 그럴 수 있는 모든 가능성을 하나하나

떠올려 보다가 불현듯 어떤 하나를 생각해 냈다.

적현자는 단순히 그를 겉으로 보고 그런 느낌을 받은 것이 아니었다.

공력을 일으킨 그를 보고, 바로 그의 기풍을 보고 그런 느낌을 받은 것이다.

그는 즉시 적현자의 시선을 마주하며 물었다.

"지금도 제게서 그들의 냄새가 납니까?"

적현자가 고개를 저었다.

"당연히 지금은 안 나지. 지금은 네가⋯⋯!"

"지금은요?"

설무백은 역시나 예상하던 대답이라 선뜻 말을 끊으며 내공을 끌어 올렸다.

적현자가 눈가에서 경련을 일으키며 말했다.

"난다! 확실하다! 그들의 냄새다!"

설무백은 두 손을 다탁에 올려놓고 상체를 앞으로 기울이며 불같은 적현자의 시선을 마주했다.

적현자가 움찔 움츠러들었다.

기묘하게 변화한 설무백의 눈빛 때문이었다.

설무백의 두 눈에서 빛이 나는데 그 번들거림이 살기나 광기보다도 더 강렬했던 것이다.

기실 지금 설무백은 처음으로 적현자에게 전신의 내공을 끌어 올린 모습을 보여 주고 있었다.

그는 그 상태로 불쑥 물었다.

"무당파를 버릴 수 있습니까?"

적현자가 펄쩍 뛰었다.

"무슨 그런 말도 안 되는······!"

설무백은 냉정하게 말을 잘랐다.

"그냥 대답만 하세요! 할 수 있다, 할 수 없다!"

적현자가 더 없이 진지한 그의 태도에 무언가 느끼는 바가 있는지 조용히 반문했다.

"내가 왜 그래야 하지?"

설무백은 있는 그대로 솔직하게 대답했다.

"그럴 수 있다면 지금 품고 있는 의문을 어느 정도는 풀 수 있을 겁니다."

적현자가 무언가 다른 말을 하려고 입을 벌렸으나, 설무백의 이어지는 말이 조금 더 빨랐다.

"하나, 만약 그럴 수 없다면 지금 이 순간부터 더 이상 그에 대한 의심을 품지 말고, 그냥 오 년의 약속이나 충실히 지키세요."

그는 전에 없이 픽 하고 웃으며 결론을 내리듯 말을 끝맺었다.

"아무리 생각해도 이건 시한부 종복에게 밝힐 일은 아닌 것 같으니까요."

적현자가 침음을 삼켰다.

그의 얼굴이 매우 곤혹스럽게 일그러지며, 두 눈에 가없는 번민의 빛이 차올랐다.

그러다가 그는 말했다.

"무당파는 나를 버릴 수 있어도 나는 무당파를 버릴 수 없다. 나는 애초에 그렇게 태어난 종자다. 대신 버릴 수는 없지만, 돌아가지 않을 수는 있다. 자중하라는 종사와 사부의 명령은 그동안 무명곡에서 보낸 시간으로 충분히 채웠다고 생각하니까."

그는 노인답지 않게, 그리고 천하의 무당마검답지 않게 비굴한 미소를 지으며 재우쳐 물었다.

"그 정도로 어떻게 안 되겠냐?"

설무백은 속으로 웃었다.

마냥 고집불통이기만 할 줄 알았는데, 이제 보니 제법 순진하고 선량한 구석도 있는 노인네였다.

이런 상황에서도 오 년의 약속은 깨지 않고 지킬 생각을 하는 것을 보면 말이다.

그는 애써 그런 속내를 감추며 확인했다.

"제 말이 무슨 뜻인지는 알죠?"

적현자가 대답했다.

"내게도 그 정도 머리는 있다. 언제고 너와의 관계를 끝내더라도 너에 대한 모든 것을 무당파에 알릴 수 없다는 뜻이 아니더냐."

정확했다.

산에서만 살아서 그런지 매사에 어딘지 모르게 부족하다는 느낌이 들었는데, 이제 보니 걱정할 정도는 아니었다.

설무백은 가만히 고개를 끄덕였다.

그리고 새삼 눈에 힘을 주고 적현자를 직시하며 말했다.

"남아일언(男兒一言)!"

적현자가 반색하며 말을 받았다.

"당연히 중천금(重千金)이지!"

설무백은 그제야 특유의 미온한 미소를 보이며 손바닥 하나를 앞으로 내밀었다.

천장을 향한 그 손바닥의 중심에서 검은 눈동자가 나타났고, 이내 검은 눈동자가 검은 기류를 일으키는가 싶더니 서서히 검은 물체가 삐죽이 솟아났다.

여전히 이름은 모르고 있지만, 전에 그가 우연찮게 얻은 천마십삼보 중의 하나, 바로 검은 불꽃같이 이글거리는 마기를 토해 내는 묵빛의 칼날이었다.

"아마도 이놈 때문인 것 같네요. 실로 어찌어찌하다가 우연히 얻은 놈인데 이름은 모르지만, 천마십삼보 중의 하나입니다."

적현자는 그의 말을 듣지 않고 있었다.

그는 경악과 불신에 찬 눈빛으로 그의 손바닥에서 시간을 초월한 꽃처럼 피어난 묵빛의 칼날을 쳐다보고 있었다.

그러다가 한순간 정신을 차린 듯 비명과도 같은 외마디 고함을 내지르며 펄쩍 뛰어서 뒤로 물러나더니, 반사적으로 뽑아 든 칼날을 설무백에게 겨누었다.

　"천마(天魔) 검(劍)!"

후기지수後起之秀 (7)

천외천의 주인

설무백은 놀란 도끼처럼 물러나서 칼끝을 겨누는 적현자의 반응을 보고도 시큰둥하게 쳐다본 것처럼 천마 검이라는 이름을 듣고도 전혀 놀라지 않았다.

그간 그가 이런저런 추론을 더해서 생각해 본 이름 중에는 천마 검도 있었기 때문이다.

그는 그저 한숨을 내쉬며 여전히 이름 모를 천마십삼보 중의 하나인 묵빛의 칼날을 소리 없이 손바닥 속으로 회수하고는 물끄러미 적현자를 바라보았다.

"마검이니 뭐니 해도 명색이 도사 아닙니까?"

"……?"

적현자는 느닷없는 질문의 의미를 몰라서 당황하며 절로

미간을 찌푸렸다.

설무백이 아직도 모르겠냐는 듯 한심하다는 눈치로 쳐다보며 재우쳐 말했다.

"도사니까 제가 마두인지 아닌지 정도는 볼 수 있지 않냐, 이겁니다. 지금 제가 마두로 보이냐고요?"

적현자는 이제야 무슨 말인지 알아들으며 새삼 뚫어지게 설무백을 직시했다.

아무리 봐도 설무백이 마두로 보이지는 않았다.

분명 설무백이 드러낸 것은 그가 선대로부터 전해 들은 천마 검으로 보였고, 만에 하나 아니더라도 그에 준하는 마물일 가능성이 매우 높았으나, 적어도 설무백은 마두가 아니었다.

'하긴……!'

강남종귤(江南種橘), 강북위지(江北爲枳)라고 했다.

귤나무를 남쪽 땅에 심으면 귤이 나지만 북쪽 땅에 심으면 탱자가 난다는 말이다.

이는 같은 종자라도 어디에 있느냐에 따라 전혀 달라질 수 있다는 뜻이다.

무릇 사람을 포함한 세상 만물은 어디에 있느냐에 따라 선해질 수도 있고, 악할 수도 있다.

하물며 그의 눈으로 직접 보고 느꼈다.

설무백은 어마어마하고 무시무시한 마기를 발산하는 절대의 마병 혹은 마물을 완벽하게 제어하고 있었다.

적현자는 이내 상념을 끊어 내고 마음을 다잡으며 고개를 저었다.

"그렇게는 안 보이는군."

설무백이 삐딱하게 바라보며 말했다.

"그럼 이제 그만 넣죠, 그 칼?"

적현자는 그제야 자신의 실태를 깨닫고 붉게 달아오른 얼굴로 헛기침을 하며 설무백을 겨누고 있던 칼을 슬며시 허리에 갈무리했다.

"아, 난 그저……!"

"어서 앉기나 하세요."

설무백은 됐다는 듯 자리를 권하는 것으로 적현자의 말을 잘랐다.

적현자가 애써 계면쩍은 기색을 지우며 조용히 자리에 앉았다.

설무백은 거짓말처럼 진중한 모습으로 돌아가서 그를 주시하며 입을 열었다.

"앞서 밝혔다시피 우연찮게 얻은 물건이고, 저는 아직도 정확한 정체를 몰라서 그저 이름 모를 천마십삼보의 하나라고만 생각하고 있습니다. 천마 검이라고 단정하기에는 여러 가지로 맞지 않는 구석이 있어서 말입니다."

그는 본의 아니게 잠시 그 맞지 않는 구석을 떠올리다가 이내 털어 내고 다시 말했다.

"아무튼, 제게서 받은 느낌의 실체를 직접 보셨으니, 어디 한번 자세한 감상을 말해 보세요. 어때요? 확실히 그때 당시 만났던 자들과 같은 느낌입니까?"

적현자가 과연 정심한 수련을 거친 노도사답게 거짓말처럼 진중해져서 대답했다.

"확실하다. 놈들에게서 느껴지던 냄새와 완전히 일치한다."

"결국 그치들이 마교의 마두나 마졸일 수 있다는 건데……."

설무백은 습관처럼 고개를 끄덕이다가 이내 미심쩍은 눈초리로 적현자를 쳐다봤다.

"대체 그때 왜 그걸 느끼지 못한 겁니까? 명색이 도사인데, 이 정도의 마기라면 대번에 간파해야 하는 거 아닙니까?"

적현자가 입이 열 개라도 할 말이 없다는 표정을 지으면서도 꿋꿋이 대꾸했다.

"그때 당시의 그들도 지금이 너와 같았다. 당시 나는 마기로 느껴지지 않는, 그저 무언가 어두운 기분이 드는 미묘한 기세이긴 해도, 분명 마기와는 궤를 달리하는 기운을 그들에게서 느꼈을 뿐이다. 실체를 드러내기 전의 너처럼 말이다. 네가 끝내 그 실체를 내보이지 않았다면 나는 아직도 여전히 그게 마기를 품은 마물의 기세인 줄 전혀 몰랐을 거다."

설무백은 무슨 말인지 이해하고 절로 절레절레 고개를 저으며 깊은 한숨을 내쉬었다.

"그럼 결국 원점으로 다시 돌아온 거네요. 당시 검노께서 마주친 그치들도 어쩌면 지금의 나처럼 마공을 익힌 것이 아니라 그저 마교의 마물을 품에 지녔을 뿐인지도 모르니까요."

"음!"

적현자가 대답 대신 묵직한 침음을 흘렸다.

그 역시 설무백과 같은 생각이 들어서 수긍하는 것이었다.

설무백은 그런 그를 지그시 바라보며 말했다.

"말해 보세요. 그들과 어떤 대화를 나눴습니까?"

적현자가 당시를 회상하는지 잠시 무거운 기색으로 여유를 두었다가 대답했다.

"……그들은 천의 수혜자가 되지 않겠느냐고 내게 물었고, 내가 거부하자, 지금 당신은 하늘 밖에서 세상을 내려다볼 수 있는 기회를 놓친 거라고, 필시 나중에 후회하게 될 거라고 말하며 돌아갔다. 내가 그들과 나눈 대화는 그게 전부다."

설무백은 잠시 당시 그들과 적현자의 만남을 머릿속으로 유추해 보았다.

지금 그가 아는 적현자의 성격은 매우 드세고 까다로우며, 적잖게 성마르고 또한 그만큼 과격했다.

이런 적현자가 자신의 집 안방까지 찾아와서 그처럼 건방지기 짝이 없는 말을 건넨 자들을 순순히 그냥 보내 주었다는 것은 그자들의 무위가 그만이 아니라 소림과 더불어 무림의 양대산맥으로 일컬어지는 무당파에게까지 위해를 가할 정도였다는 것을 보여 줄 뿐 아니라 그 말이 진실임을 대변하는 것이었다.

그래서 틀림없다는 생각이 들었다.

놈들은 바로 암천의 그림자들이었다.

원래 그랬던 것인지, 즉 전생의 그가 몰랐던 것인지, 아니면 이 또한 새로운 역사인 것인지는 몰라도, 그들은 이미 암중에서 활개치고 있었던 것이다.

불끈!

설무백은 절로 두 주먹에 힘이 들어가는 것을 애써 무마하며 조용히 물었다.

"솔직히 말해 보세요. 검노께서는 그들이 진정으로 바라는 게 뭐라고 생각하십니까?"

적현자가 이미 오래전부터 그와 같은 생각을 해 봤는지 조금도 머뭇거림 없이 대답했다.

"손에 칼이 쥐어지면 누구라도 휘둘러보고 싶은 것처럼, 역대로 힘을 가진 자들이 바라는 것은 오직 하나, 천하의 패권이다. 그자들이라고 해서 별수 있겠나. 당시 내게 수혜를 주겠다는 말도 그런 의미 이외에는 달리 해석해 볼 것이 없다."

"무당파의 생각도 같습니까?"

당시의 사실을 혼자만 알고 있는가, 아니면 무당파에도 알렸는가를 우회적으로 확인하는 것이다.

적현자가 그걸 느낀 듯 피식 웃으며 대답했다.

"같다. 비단 우리 무당만이 아니라 소림도 같은 생각인 것으로 알고 있다.”

무당파만이 아니라 소림사도 당시 그가 겪은 사건을 이미 알고 있다는 뜻이다.

견고하던 설무백의 무심함이 이 대답에 살짝 무너졌다.

그가 가진 전생의 기억에 따르면 지금 이 시기의 그는 암천의 그림자에 대해서 전혀 모르고 있었다.

‘나만 몰랐을까? 혹시 림주는……?’

알 수 없었다.

‘하긴……!’

돌이켜 보면 그가 기억하는 전생에서는 지금 그의 눈앞에 앉아 있는 적현자조차 존재하지 않았다.

당시 무당마검 적현자는 이미 오래전에 죽은 것으로 무림인들의 기억 속에서 사라지고 없었다.

‘죽은 것이 아니었다. 단지 무당파의 율법에 따라 무명곡에 파묻혀서 무림에 나서지 못했을 뿐이다. 그걸 내가 빼낸 거다. 이것 역시 나로 인해 변한 전생과 다른 역사인 거다.’

설무백은 내면의 깊은 심호흡으로 평정심을 유지하며 생각을 정리하고는 이내 손뼉을 쳐서 분위기를 쇄신했다.

“우리 이렇게 하죠.”

손뼉에 반응해서 시선을 주는 적현자를 향해 설무백이 씩 하고 웃으며 말했다.

“믿으실지 모르겠지만, 검노께서 저를 보고 떠올린 그자들은 기실 저와 같은 하늘을 이고 살 수 없는 자들입니다. 불공대천지수까지는 아니어도 대충 그와 비슷한 원한 관계가 있지요. 해서, 하는 말인데, 오늘 저와 나눈 얘기는 그냥 잊어 주었으면 합니다."

적현자가 놀람과 당황을 빠르게 구르는 눈동자로 드러내다가 이내 확인했다.

"지금 네가 난주에 이런 철옹성을 만들어서 힘을 키우고 있는 이유가 그들을 상대하기 위함이라는 거냐?"

"그게 다는 아니지만 대충 그렇다고 볼 수 있습니다."

설무백의 대답에 적현자가 마른침을 삼켰다.

"하면, 내가 너와의 대화를 잊어야 하는 이유는?"

설무백은 어깨를 으쓱이며 대답했다.

"제가 아직 준비를 다 못했거든요."

적현자는 지그시 설무백을 바라보다가 한순간 고개를 절레절레 흔들며 탄식했다.

"내가 왜 이렇게 네놈 앞에서는 자꾸만 작아지는 기분이 드는지 모르겠다. 이젠 정말 내 판단이 틀리지 않기만을 진심으로 바랄 뿐이다."

설무백은 특유의 미온한 미소를 보였다.

"승낙이라는 거죠?"

적현자는 가만히 고개를 끄덕이며 자리를 털고 일어나서 밖으로 나섰다.

뒤늦은 대답이 그의 어깨를 타고 넘어왔다.

"그래, 승낙이다."

설무백은 심상한 기색으로 문을 나서는 그의 등을 바라보며 지나가는 말처럼 무심하게 말을 건넸다.

"그럼 어제 오늘 자꾸 내 눈에 거슬리는 그자는 오늘 중으로 처리하세요. 아니면 제가 직접 처리합니다."

"……!"

적현자가 문전에서 멈추었다.

그리고 돌아보지 않고 그대로 서서 대답했다.

"녀석은 네가 아니라 나를 감시하는 거다."

"그래서 더 눈에 거슬립니다. 차라리 나를 감시하는 거였다면 진즉 거리낌 없이 죽여 없애 버릴 수 있었는데 말입니다."

그렇다.

어제 오늘 암중에서 적현자를 감시하는 자가 있었다.

그리고 설무백이 그렇듯 적현자도 이미 그와 같은 사실을 알고 있었다.

적현자가 쉽게 대답을 못하고 잠시 머뭇거렸다.

당연했다.

암중의 감시자가 무당파의 제자였기 때문이다.

설무백은 그런 적현자를 잠시 물끄러미 바라보다가 어쩔수 없다는 듯 한숨을 내쉬며 다시 말했다.

"입단속이 가능한 친구라면 살려 줘도 무방합니다. 처음이

자 마지막으로 주는 특혜이니, 잘 활용하세요."

역으로 말해서 입단속이 가능하지 않다면 상대가 누구든 죽이라는 명령이라 냉정하게 들릴 수도 있었다.

그러나 이건 엄연히 살려 줄 구실을 주는 것이니 확실히 특혜는 특혜였다.

적현자가 체념한 듯 한숨을 내쉬며 발걸음을 옮겼다.

"그러지."

설무백은 가만히 멀어지는 적현자를 바라보며 이내 깜빡했다는 듯 서둘러 한마디 더했다.

"오늘 보니 하수들의 비무에는 별로 관심이 없던 것 같던데, 정히 그러면 내일은 그냥 거처에서 쉬셔도 됩니다."

멀어지던 적현자가 대답 대신 슬쩍 손을 들었다.

그러겠다는 건지, 그러지 않겠다는 건지는 모르겠으나 알았다는 뜻일 것이다.

그것으로 만족하며 자리를 털고 일어나던 설무백은 어리둥절한 표정을 지었다.

홀연히 모습을 드러낸 혈영이 고개를 숙이고 있었다.

"청이 하나 있습니다."

설무백은 혈영의 성격을 잘 알기에 이채로운 기분으로 물었다.

"뭔데?"

혈영이 깊이 고개를 숙이며 말했다.

"내일부터 요미와 함께 행동할 생각입니다. 허락해 주십시오."

"요미는 아직……!"

"어제 오늘 검노를 주시하는 시선이 있음을 저와 사도도 알고 있었습니다."

"그래?"

설무백은 내심 적잖게 놀랐다.

혈영이나 사도의 능력이 미처 거기까지는 닿지 않을 거라고 생각하고 있었다.

그런데 이미 알고 있었다고 한다.

'근데, 그거랑 이게 무슨 상관이라고……?'

설무백의 뇌리에 문득 그런 의문이 드는 참에 혈영이 그걸 읽은 것처럼 말했다.

"저희들의 능력으로 알아낸 것이 아니라 굳이 나서지 않았습니다. 요미, 그 아이의 도움이었습니다. 주변 공기의 흐름, 사물의 움직임과 그에 따른 변화를 포착하는 능력은 그 아이가 저희들보다 월등히 낫습니다."

설무백은 이제야 혈영의 말을 이해하고 어쩔 수 없이 고개를 끄덕였다.

자신의 치부라고 할 수 있는 능력 부족까지 들어내며 말하는 혈영의 태도 앞에서 그는 감히 거절할 수가 없었다.

"좋아. 대신 조건이 있어."

"조……건요?"

"특별한 경우가 아니라면 이인 일조로 움직이도록 해. 돌아가면서 놀라는 소리가 아니라 그 시간을 활용해서 수련에 임하라는 소리야."

어리둥절해하던 혈영이 그의 부연을 듣고는 안색을 바꾸며 강경하게 고개를 저었다.

"그건 안 될 말입니다! 그건 절대 받아들일 수 없는 일입니다, 주군!"

설무백은 절로 미간을 찌푸렸다.

어느 정도의 반발은 예상했으나 이렇게까지 강경하게 나올 줄은 정말 몰랐다.

"어째서?"

혈영이 대답했다.

"저는 어떤 상황에서도 주군의 안전을 도모할 수 있는 인원을 네 명씩 두 개조로 보고 있습니다. 따라서 요미 이후에 비풍과 잔월이 순차적으로 합류한다고 해도 아직 자리가 비는 실정입니다. 수련에 대한 부분은 제가 따로 고려해 보겠으니, 부디 주군의 경호에 대해서만큼은 제게 전권을 주십시오, 주군!"

설무백은 머쓱했다.

이건 뭐 혹 떼려다가 혹 하나를 더 붙인 기분이었다.

하지만 그렇다고 혈영의 말을 선뜻 부정하거나 거절할 수도 없었다.

혈영이 이처럼 강경하게 자기주장을 내세우는 건 여태 한 번도 없던 일이었다.

그래서 한편으로 기분이 묘했다.

지금 혈영의 이런 반응이야말로 전생의 그가 알고 있던 혈영의 모습이었기 때문이다.

그는 어쩔 수 없이 물러서며 말했다.

"수련에 대한 부분을 어떻게 따로 고려해 보겠다는 건지는 모르겠지만, 다른 동료들보다 뒤처지는 것으로 보이면…… 알지? 죽는다?"

"여부가 있겠습니까!"

혈영이 기꺼운 표정으로 대답하고는 혹시라도 그의 마음이 변할까 겁내는 것처럼 서둘러 인사한 후 사라졌다.

"감사합니다, 주군!"

설무백은 내심 고소를 금치 못하며 그제야 침상으로 자리를 옮겨서 가부좌를 틀고 앉아 잡념을 지웠다.

늘 그렇듯 운기조식으로 잠을 대신하려는 것이었다.

그런데 정말이지 오늘은 아무래도 그렇게는 안 될 모양이었다.

지그시 눈을 감고 운기조식에 들어가려는 그의 귓가로 은밀히 다가서는 기척이 느껴졌다.

새로운 방해자인 그 기척이 이내 방문 앞에서 멈추며 말했다.

"주군, 흑영입니다!"

설무백의 허락을 받고 내실로 들선 흑영, 바로 태산파의 제자 허풍선 곽진은 전에 비해 무척이나 야윈 모습이었다.

그렇지만 시름시름 앓아서 몸이 상한 환자 같은 모습은 아니었다.

마치 무딘 연장을 불에 달궈 두드려서 날카롭게 만들어 놓은 것처럼 전신의 군살이 사라지고 온통 근육이 들어차서 전에 비해 강렬해진 인상이었다.

무엇보다도 눈빛이 달라졌다.

지난날 느꼈던 온순함과 설무백을 만나면서 겪었던 혼란스러움이 완전히 사라지고 혹독하리만치 냉정해진 눈빛이었다.

폐관 수련에 들었다더니, 정말이지 강도 높은 수련으로 자신을 채찍질했다는 느낌이 들었다.

그런 흑영이 그의 면전으로 다가와서 털썩 한쪽 무릎을 꿇으며 고개를 숙였다.

"이제야 겨우 주군의 곁에 머물 수 있는 준비를 끝냈습니다. 허락해 주십시오."

설무백은 매우 흡족한 마음으로 가만히 고개를 끄덕였다.

다른 것을 다 떠나서 자신을 태산파의 제자 곽진이 아닌 흑영이라고 소개한 것부터가 마음에 들었다.

마음의 준비가 되지 않았다면 흑영이라는 이름을 사용하지 않았을 것이다.

은연중에 미소를 지은 그는 대답 대신 옆으로 물러난 혈영을 슬쩍 바라보며 물었다.

"어때?"

혈영이 고개를 숙인 채 흑영을 주시하며 대답했다.

"주군에게 흑영이라는 이름을 받았다는 얘기를 들었을 때부터 이미 제 식구라고 생각했습니다. 다만 허락하신다면 제가 한번 시험해 보고 싶습니다."

"좋아!"

설무백은 기꺼이 승낙하고는 한마디 덧붙였다.

"대신 사도부터 먼저!"

⚜

설무백의 새로운 거처는 후원을 넘어서 형성된 전각군 사이에 자리 잡은 대전이었다.

그러나 단지 크기만 변했을 뿐이었다.

예전이나 지금이나 모든 구조가 조금도 다름없이 같았고, 당연하게도 침상 가의 벽에 자리 잡은 문을 통해서 내려가는 지하에는 이전보다 큰 연공실이 마련되어 있었다.

자리가 그 연공실로 옮겨지고, 설무백의 제안대로 혈영 대신 사도가 먼저 나서서 흑영과 대치했다.

설무백은 뒤로 물러나서 두 사람에게 말했다.

"식구끼리 살살 적당히…… 라고 말하고 싶지만, 그건 곤란해. 전력을 다하지 않으면 의미가 없으니까."

말보다 행동이었다.

대답은 없었으나, 마주 서서 대치한 사도와 흑영의 기세가 대답을 대신하고 있었다.

순간적으로 치솟은 두 사람의 기세가 더 없이 치열하게 서로를 옭아맸다.

사도가 잘 벼려진 한 자루의 칼처럼 변했다면 흑영도 그처럼 제련된 한 자루의 검으로 변한 모습이었다.

설무백은 그런 그들의 모습을 정말이지 흥미롭게 지켜보았다. 그로서도 사도와 흑영의 대결은 기대가 되는 것이었다.

특히나 살도(殺刀)과 살검(殺劍), 그리고 우수쾌도와 좌수쾌검의 격돌이라서 그랬다.

그것도 한 사람은 좌수가 없는 우수쾌도이며, 다른 한 사람은 우수가 없는 좌수쾌검으로 두 사람 모두 더 이상 물러날 수 없는 사선에 선 것처럼 극도의 치열함을 무장하고 있었다.

살기를 뛰어넘는 극도의 기세가 삽시간에 장내를 뒤덮은 것은 바로 그 때문이었다.

그런 그의 기대에 부응하듯 두 사람 사이의 공기가 빠르게 압축되며 이내 터져 버렸다.

누가 먼저랄 것도 없이 동시에 서로가 서로를 노리고 움직인 것이다.

눈부신 속도였다.

챙-!

날카로운 검명이 터지며 순간적으로 검과 도를 마주친 두 사람의 신형이 뒤로 주르르 밀려 나갔다.

"음!"

누군가의 입에서 신음이 흘러나왔다.

어쩌면 두 사람이 동시에 토한 신음일지도 몰랐다.

튕겨지는 두 사람 모두 하나같이 창백해진 안색으로 입가에 한줄기 핏물을 흘리고 있었다.

비록 한 번의 격돌이었고, 그마저 도와 검을 마주친 충돌에 불과했으나, 서로가 서로에게 적잖은 내상을 입힌 것이다.

그들은 거기서 멈추지 않았다.

쐐애액-!

주위의 공기가 무섭게 요동치며 태산이라도 가를 듯한 예리한 도기와 검기가 일어났다.

서로 튕겨졌던 사도와 흑영이 거의 동시에 몸을 반전시키며 무시무시한 속도로 위력적인 도와 검을 휘둘렀다.

두 사람 모두 일말의 방어조차 도외시한 채 필살의 공격에 나선 것이다.

말 그대로 동귀어진의 수법과 다름없었다.

누구도 피할 수 없고, 설령 막더라도 서로의 도와 검에 실린 경력 때문에 엄청난 내상이 불가피했다.

그들 두 사람의 도법과 검법은 그처럼 살인적이었다.

그러나 그런 일은 벌어지지 않았다.

설무백이 나섰기 때문이다.

투둑-!

묵직하면서도 경쾌한 소음이 터졌다.

아무런 사전 동작도 없이 움직인 설무백이 그들 두 사람 사이로 끼어들기 무섭게 울린 소음이었다.

그와 동시에 사도와 흑영이 충돌하기 직전의 모습으로 그림처럼 멈추어졌다.

설무백이 내민 두 손이 각기 칼을 휘두르던 사도의 손목과 검을 뻗어 내던 흑영의 손목을 잡아 버린 결과였다.

"……!"

사도와 흑영이 굳어진 채로 저마다 설무백의 손에 잡힌 자신들의 손을 응시했다.

그들의 눈빛이 크게 흔들리고 있었다.

경탄과 경이가 공존하는 눈빛이었다.

설무백은 그런 그들의 감정을 아는지 모르는지 그저 무심하게 두 손을 슬쩍 밀어서 그들을 떼어 놓았다.

사도와 흑영이 각기 병기를 내리며 고개를 숙였다.

설무백은 흑영을 향해 말했다.

"너의 월인은 아직 미완이다. 방해하던 우수를 베어 내 이

물감이 사라져서 보다 빠르고 자유로워지긴 했으나 눈이, 그리고 발이 그에 걸맞은 움직임을 보이지 못하고 있다. 충분히 보완해라!"

흑영이 손에 쥐고 있던 검의 손잡이를 눈높이로 올려서 예를 취하며 대답했다.

"알겠습니다!"

설무백은 슬쩍 사도에게 시선을 돌렸다.

"탈백도(奪魄刀)의 경지를 많이 끌어 올렸다는 것은 인정한다. 하지만 조금 전에 내가 막지 않았다면 너는 틀림없이 흑영의 월인에 당해서 죽었다. 인정하나?"

사도가 수치에 겨운 듯 붉게 달아오른 얼굴로 고개를 숙였다.

"……인정합니다!"

설무백은 마치 경고를 하듯 매섭게 노려보며 말했다.

"빠른 시일 내에 따라잡아라. 너의 탈백도는 결코 흑영의 월인에 비해서 뒤지는 무공이 아니다!"

사도가 새삼 깊이 고개를 숙이며 힘주어 대답했다.

"틀림없이 그리 긴 시간은 걸리지 않을 겁니다."

설무백은 어디 한번 두고 보겠다는 식으로 피식 웃고는 혈영에게 시선을 주었다.

"해 볼래?"

혈영이 몸을 빼며 고개를 숙였다.

"아닙니다. 지금으로 충분합니다. 제계도 흑영을 다치지 않게 제압할 수 있는 실력은 없으니, 그만두겠습니다."

"뭐, 그러던지."

설무백은 대수롭지 않게 수긍하며 돌아섰다.

혈영의 무위는 틀림없이 흑영보다 윗길에 있었으나, 그 자신의 말마따나 흑영을 다치지 않게 제압할 수 있는 경지는 아니었다.

사도와 흑영의 대결로 그걸 알아본 혈영이 알아서 물러날 것임을 그는 이미 예상하고 있었기에 두 말없이 승낙했다.

연무실을 벗어나서 내실로 올라온 그는 이제야 침상에 가부좌를 틀고 앉아서 참으로 오랜만에 쉽고 편하게 잡념을 털어 내며 운기조식에 들어갔다.

그 시각, 설무백의 거처를 나섰던 적현자는 자신의 거처로 돌아가지 않고 제갈명이 풍잔의 후원 너머에 마련한 부지에 새롭게 건설한 전각군 사이를 가로질러 풍잔을 벗어나고 있었다.

은밀한 행보였다.

기존에 풍잔을 구성하던 전각이나 정원 등은 말할 것도 없고, 새롭게 들어선 전각군에도 요소요소마다 철통같은 경계가 펼쳐져 있었으나, 그게 초절정의 고수인 그의 기척을 감지할 정도는 아니었다.

그래서 남몰래 풍잔을 벗어난 적현자는 애초의 계획대로 인적이 드문 한적한 장소에 도착할 수 있었다.

한적하다 못해 으쓱한, 그것도 막다른 골목이었다.

적현자는 거기 안으로 들어서기 무섭게 돌아서며 말했다.

"할 말이 있으니, 나서거라!"

어둠에 잠긴 막다른 골목의 입구에는 스산한 밤바람만 불고 있을 뿐, 눈을 씻고 봐도 사람은커녕 개미 새끼 한 마리도 보이지 않았다.

적현자가 이글이글 광망이 서린 눈빛으로 칼을 뽑아 들며 호통을 쳤다.

"그냥 그대로 죽고 싶은 게냐!"

순간, 골목의 입구를 잠식한 어둠의 일부가 서서히 짙어지며 사람의 형상이 나타났다.

짙은 어둠 속에서도 무미건조함을 주는 인상이 돋으라진 사내, 바로 무당파의 장문방장인 자허진인의 명령을 받고 적현자를 따라나선 밀궁의 사사무였다.

적현자는 칼끝으로 사사무를 겨누며 싸늘하게 물었다.

"화운이 이리도 나를 모를 리는 만무하고, 자허나 사사무, 네놈이나 참으로 교만이 하늘을 찌르는구나. 제아무리 세월 무상이라고는 하나, 감히 노도의 이목을 피할 수 있을 거라고 생각했더란 말이냐?"

사사무가 유구무언이라는 듯 곤혹스러운 표정을 지을 뿐 아무런 대답도 하지 못했다.

적현자가 그런 그를 바라보며 끌끌 혀를 차며 자책했다.

"하긴, 나도 어리석긴 매한가지지. 내가 알아차린 것을 나보다 윗길에 오른 자는 모르길 바랐으니…….."

설무백을 두고 하는 말이었다.

못내 깊은 한숨을 내쉰 적현자는 이내 거짓말처럼 싸늘해진 안색으로 사사무를 매섭게 노려보았다.

"실수든 뭐든 잘못을 했으면 책임을 져야 한다. 속세와 사문의 인연을 다 떠나서 나는 너를 죽이는 것으로, 너는 내게 죽임을 당하는 것으로 말이다."

"……!"

"다만 실로 부끄럽게도 내가 기만한 그가, 아니, 그가 아니지. 주인이지. 그래, 내 주인이 불민한 종복인 내게 기회를 주었다."

적현자는 내력을 끌어 올려서 사사무를 가리키고 있는 검극을 붉게 달구며 재우쳐 말했다.

"자, 선택해라! 네가 보고 느낀 모든 것을 머릿속에서 지우고 이대로 돌아갈 테냐, 아니면 지금 이 자리에서 내 손에 죽을 테냐?"

"그랬더니요?"

"……녀석의 말이 지금 이 자리에서 함구하기로 다짐하고 돌아가도 일단 돌아가면 자허의, 그러니까 장문방장의 명령을 거역할 수는 없을 거라고 하더군."

"결국 약속을 할 수 없다는 거네요?"

"아니, 그보다는 약속과 무관하게 자기가 자신을 믿을 수 없으니 나보고도 믿지 말라는 소리지."

"그래서요?"

"분명히 얘기하는데 죽이려고 했다."

"그렇지만 죽이지 못했다는 거네요?"

"아니, 죽일 수 없었다는 소리다."

"그게 그거 아닌가요?"

"완전히 다른 얘기다."

"뭐가 다른데요?"

"죽이지 못했다는 건 능력의 부제지만 죽일 수 없었다는 건 능력과 상관없는 내 자신의 판단이라는 뜻이니까."

"그니까, 내 말은…… 아니, 됐습니다."

설무백은 답답한 마음에 거듭 말꼬리를 잡다가 이내 포기하며 그만두었다.

더 이상 적현자의 구구한 변명을 듣고 싶지 않았다.

새벽 댓바람부터 찾아와서 운기조식을 방해하기에 무언가 중대한 사건이라도 터졌나 했더니, 결국은 고작 어쩌고저쩌고 해서 감시하던 무당파의 제자를 처리하지 못했다는 얘기였다.

그는 자못 굳어진 안색으로 손을 들어서 사전에 적현자의 말문을 막으며 말했다.

"알겠습니다. 결국 검노께서는 저와의 약속을 어겼다는 거네요. 그래서 지금 제게 하려는 말이 대체 뭐라는 거예요?"

적현자가 헛기침을 하고는 대답 대신 슬쩍 돌아서서 창문을 열었다.

설무백은 대체 왜 그러나 싶어서 절로 고개를 갸웃거리다가 이내 깨달으며 안색을 굳혔다.

적현자가 창문을 연 것은 일종의 신호였다.

창문이 열리고 내부의 빛이 밖으로 새자 저 멀리서 바람처럼 빠르게 다가오는 인기척 하나가 있었다.

적현자가 어색한 기색으로 말했다.

"날 감시하던 애다."

설무백에게 하는 말이 아니었다.

다가오는 인기척에 대해 기민하게 반응하는 암중의 혈영 등에게 하는 소리였다.

그러나 혈영 등은 절대 설무백의 아닌 다른 사람의 말에 따라 움직이지 않는다.

그들은 적현자의 말과 상관없이 기민하게 반응하며 살기를 드러내고 있었다.

적현자가 그걸 느끼고는 설무백을 보았다.

나름 애절하게 도움을 청하는 눈빛이었다.

설무백을 슬쩍 손을 들어서 혈영 등의 대응을 막았다.

적현자의 부탁이 아니라도 막을 생각이었다.

대체 왜 이러는지 이유가 궁금했다.

"고맙다."

적현자가 한시름 놓은 표정으로 전에 없이 감사를 표하는 그때, 저 멀리서 불어온 바람이 실내로 들어왔다.

이내 모습을 드러낸 그 바람의 정체는 적현자의 말마따나 바로 사사무였다.

설무백은 묵묵히 사사무와 적현자를 번갈아보았다.

이제 이유를 말하라는 재촉이었다.

적현자가 정식으로 사사무를 소개했다.

"사사무라고 한다."

설무백은 무심하게 물었다.

"그래서요?"

적현자가 말했다.

"무당파로 돌아가지 않는다면 보고 느낀 모든 것에 침묵하라는 내 말을 지킬 수 있단다. 그러니 네가 받아 줘야겠다."

설무백은 그야말로 머리를 한 대 맞은 표정으로 적현자를 바라보았다.

그 순간에 적현자가 더욱 충격적인 한마디를 덧붙였다.

"그게, 아는 사람은 거의 없지만, 불우하게도 쟤가 내 제자다."

"단, 조건이 있소!"

사사무가 적현자의 입에서 '쟤가 내 제자다'라는 말을 한 후에 바로 붙인 말이었다.

그 다음에 그는 설무백의 대꾸도 기다리지 않고 사뭇 냉담하게 조건을 말했다.

"받아 달라는 것은 여기 풍잔에 거하게 해 달라는 소리지 풍잔의 일원이 되겠다는 소리가 아니오. 즉, 본인은 사부의 곁에 머물 뿐, 절대 나서지 않을 거요. 다시 말해서 귀하를 포함한 그 누구의 간섭도 받지 않겠다는 뜻이오."

적현자의 느닷없는 고백에 놀라서 뜨악한 표정을 짓고 있던 설무백은 절로 실소하며 사사무를 물끄러미 바라보았다.

정말이지 어처구니없는 태도였으나, 사사무가 그걸 알아보지 못하고 채근했다.

"약속해 줄 수 있겠소?"

설무백은 평정심을 되찾으며 삐딱하게 사사무를 바라보았다.

"내가 왜 당신에게 그런 약속을 해 줘야 하지?"

사사무가 인상을 썼다.

가뜩이나 험상궂은 그의 얼굴이 삭막하게 변했다.

그는 자신이 아니라 상대인 설무백이 상황 판단을 전혀 못한다고 생각하며 불쾌해하고 있었다.

"이 정도면 귀하에 대한 비밀이 지켜지는 대가로 아주 싸다고 생각하오만?"

설무백은 미소를 지었다.

"결국 돌아가면 모든 사실을 발설할 수도 있다는 단순한 협박인 건가?"

사사무가 무심하게 고개를 저었다.

"본인은 협박이 아니라 사실을 말했을 뿐이오. 그 사실이 귀하의 귀에는 협박으로 들린다면 그거야 어쩔 수 없는 노릇이지. 그건 내가 상관할 바가 아니니까."

설무백은 잠시 물끄러미 사사무를 보다가 이내 입가의 미소를 한결 짙게 드리웠다.

"이제 보니 사부의 말을 믿지 않는군, 당신? 당신은 비무에 져서 내 종복이 되었다는 사부의 말을 전혀 안 믿고 있어. 그렇지?"

사사무가 대답하지 않고 그저 냉담하게 그의 시선을 마주했다.

무언의 인정으로 보이는 태도였다.

설무백은 대답을 기다리지 않고 거짓말처럼 무심한 얼굴로 돌아가서 다시 말했다.

"하긴, 그거야말로 내가 상관할 바가 아니지. 각설하고, 당신 조건은 거절이야."

사사무가 비릿하게 웃었다.

"진심인가? 그건 귀하에게 절대적으로 불리한……!"

"됐고!"

설무백은 귀찮다는 표정으로 그의 말을 끊으며 말했다.

"이제 당신이 선택할 차례야. 지금부터 내가 셋을 셀 거야. 그러니 무당산으로 돌아가서 나팔을 불든 장구를 치든 간에 알아서 마음대로 하고, 제발 그 안에 내 눈앞에서 꺼져라!"

"……!"

사사무가 어이없다는 표정으로 쳐다봤다.

설무백은 특유의 미온한 미소를 지으며 경고를 추가했다.

"안 꺼지면 다친다!"

사사무가 전혀 믿지 않는 표정으로 미소를 지으며 적현자를 바라보았다.

설무백은 가만히 손을 들어서 다급히 나서려는 적현자를 사전에 차단하며 숫자를 세기 시작했다.

"하나!"

적현자가 그래도 나섰다.

"저기……!"

설무백이 순간적으로 싸늘해진 시선을 돌려서 적현자를 쏘아보며 고개를 저었다.

절대 나서지 말라는 두 번째 경고, 그와 동시에 그의 입에서 두 번째 숫자가 나왔다.

"둘!"

사사무는 사부인 적현자의 안절부절못하는 태도를 보고서야 무언가 심상치 않은 기색을 느낀 듯 안색을 굳혔으나 여전히 눈치만 볼 뿐, 선뜻 사라지지는 않았다.

누가 뭐래도 마음만 먹으면 언제든지, 그리고 얼마든지 이 자리를 떠날 수 있다는 자신감이 그에게는 있었던 것이다.

적현자가 그런 그를 향해 다급히 소리쳤다.

"가라!"

그러나 이미 늦었다.

"셋!"

설무백의 입에서 마지막 숫자가 나왔고, 그 뒤를 이어서 냉정한 명령이 토해졌다.

"잡아!"

순간, 암중에 도사리고 있던 예리한 기세가 그의 명령에 반응해서 사사무를 향해 쏘아졌다.

혈영의 칼날이었다.

챙―!

사사무가 반사적으로 뽑은 칼을 휘둘러서 혈영의 공격을 막으며 뒤로 물러났다.

하지만 거기에도 사사무를 기다리는 서슬이 있었다.

홀연히 모습을 드러낸 사도의 칼날이 물러서는 사사무의 뒷등을 노렸다.

"헉!"

사사무가 기겁하며 옆으로 몸을 굴려서 사도의 칼질을 피했다.

하지만 사도의 칼끝이 곧바로 그의 뒤를 따라갔고, 혈영의 칼날이 그가 이동하는 방향으로 빠르게 움직였다.

그게 너무 위험하고 위태롭게 보였던지 적현자가 발작적으로 검을 뽑고 나섰다.

설무백의 손이 그런 적현자를 가리켰다.

정확히는 적현자가 나서려는 방향의 한 점을 향해서였다.

순간적으로 모습을 드러낸 흑선이 날아가서 그 점에 박혀 들며 적현자의 앞을 막았다.

콱-!

무언가 거칠게 벽에 박혀 드는 소음과 함께 실체를 드러낸 그 흑선의 정체는 양쪽에 날이 달린 장창, 바로 묵린이었다.

휘우우웅-!

간발의 차이로 묵린을 뒤따른 강기의 열풍이 흠칫 놀라며 설무백을 바라보는 적현자의 머리카락을 휘날렸다.

설무백이 그와 무관하게 가만히 고개를 저었다.

나서지 말라는 경고였다.

적현자가 지그시 입술을 깨물며 망설이는 그 순간, 사사무가 거듭 바닥을 굴러서 연이은 혈영과 사도의 공격을 간발의 차이로 피해 내고 있었다.

그러나 사사무의 능력으로 할 수 있는 것은 거기까지였다.

바닥을 구르고 일어나던 그는 메뚜기처럼 튀어서 창밖으로 뛰쳐나가려고 했다.

그때 그가 향하던 창문이 먼저 열리며 허공에 떠 있는 한 사내의 모습이 그의 시야에 들어왔다.

누런 이를 드러내며 웃는 그 사내는 체구는 작았지만 종처럼 단단해 보였고, 각기 늘어트린 손에는 섬뜩한 두 자루 도끼가 들려 있었다.

공야무륵이었다.

"헉!"

사사무는 헛바람을 삼키며 뒤로 굴렀다.

전방을 목적으로 전력을 다해서 움직이다가 갑자기 반전해서 물러난다는 것은 제아무리 고수라도 아무나 할 수 있는 것이 아니었으나, 적어도 그는 그게 가능한 고수였다.

그러나 다음 순간 그는 거짓말처럼 그대로 멈춰 얼어붙을 수밖에 없었다.

일어나려던 그의 목에 더 없이 날카로운 서슬이 달라붙어 있었기 때문이다.

애초에 그 방향을 점하고 있던 흑영의 칼날이었다.

"대, 대체 어, 어찌 이런 일이……!"

사사무가 경악과 불신에 찬 눈빛으로 말을 더듬었다.

마치 악몽이라고 꾸고 있는 것 같은 모습이었다.

그럴 수밖에 없었다.

그는 밀궁의 요원이며, 그중에 최고를 자랑하는 수장이었기 때문이다.

무당파가 명문 정파의 입장에서 드러내 놓고 할 수 없는 일들을 처리하기 위해 조직한 밀궁은 비록 정도에서 벗어난 일을 도맡아 하는 조직이라 외부에 알려져 있지는 않았다.

그러나 전문적으로 잠입과 매복, 그리고 철저하고도 완벽한 살인 기술을 연마하는 그들, 밀궁의 요원들은 기존의 무당파 제자들과는 다른 측면에서, 즉 실전인 생사결과 암습을 포함한 살인술에 관해서 만큼은 기존의 제자들을 무시해도 좋을 정도로 월등한 실력을 가지고 있었다.

그리고 그는 그런 조직의 선두에 서 있는 실력자였다.

그런데 대체 이게 무슨 일인가.

그런 그가, 굳이 내색을 삼가서 그렇지 구대 문파의 하나로, 유구한 역사와 전통을 자랑하는 검도 명문인 무당파에서 능히 손가락에 꼽힌다가 자부하는 실력자가, 고작 변방의 흑도에게 그것도 일개 호위 무사들에게 속절없이 제압당해 버린 것이다.

이건 정말이지 너무 황당하고 어처구니가 없어서 현실이 아닌 것처럼 느껴졌다.

지금 그의 얼굴에는 이것이 만약 꿈이라면 당장 꿈에서 깨어나고 싶은 심정이 드러나 있었다.

그러나 이건 엄연히 꿈이 아닌 현실이었다.

암중에서 도사리다가 첫 번째로 공격한 애꾸눈의 사내, 혈영이 다가와서 아프게 점혈하는 것으로 그에게 그것을 일깨워 주었다.

"크……!"

사사무는 육체의 고통과 무관한 정신적인 충격에 겨워서 전에 없이 신음을 흘렸다.

더 할 수 없이 참담한 기분이 그를 무력하게 만든 결과였다.

그때 공야무륵이 창문을 통해서 안으로 들어왔고, 뒤쪽의 문이 왈칵 열리며 환사와 천월, 풍사, 대력귀, 화사 등 풍잔의 요인들이 모습을 드러냈다.

안으로 들어서지 않았지만, 그들의 뒤쪽인 문밖에는 고개를 기웃거리는 반천오객의 모습도 있었다.

불과 서너 호흡만에 끝난 소란이었으나, 그사이 영내에 있던 거의 모든 요인들이 달려온 것이다.

설무백은 사뭇 귀찮다는 듯 모두에게 눈총을 주며 말했다.

"별일도 아닌데, 다들 그만 돌아가죠?"

모두가 계면쩍은 태도로 딴청을 부렸다.

누구 하나 돌아갈 생각이 없는 것이었다.

공야무륵이 그런 그들의 태도와 상관없이 뚜벅뚜벅 이동해서 사사무의 목에 도끼를 대며 물었다.

"어떻게 처리할까요?"

누구냐고 묻지도 않았다.

대충 상황을 보니 죽여도 좋을 놈이라고 판단한 모양인지 살기가 등등했다.

설무백은 잠시 고민했으나, 죽일 이유는 없었다.

그는 가장 늦게 도착해서 눈치를 보고 있는 제갈명에게 시선을 주며 물었다.

"이 정도의 증축이라면 마땅히 감옥 정도는 꾸며 놨겠지?"

제갈명이 여부가 있겠냐는 듯 자신이 만만한 얼굴로 웃으며 어깨를 으쓱했다.

"그야 기본이죠. 혹시나 해서 풍 호법과 대력귀 소저에게 부탁해서 시험까지 끝냈습니다. 그 두 분이 힘을 합쳐도 절대 빠져나올 수 없는 감옥입니다."

설무백은 무심하게 사사무를 일별하며 명령했다.

"데려가서 가둬."

공야무륵이 아쉽다는 듯 입맛을 다시며 도끼를 거두고, 뒤를 이어 나선 천타가 사사무를 일으켜 세웠다.

적현자가 다급히 그 앞을 막아섰다.

"재고해 주길 바란다! 이미 밝혔듯이 이 아이는……!"

"그냥 죽일까요?"

설무백은 대뜸 반문하고는 흠칫 눈이 커진 적현자를 향해 무심하게, 그래서 더욱 차가운 느낌이 드는 목소리로 다시 말했다.

"저 지금 많이 참고 있는 겁니다. 제가 왜 참을까요? 무당파 때문에요?"

그는 단호하게 고개를 저었다.

"아닙니다. 여차하면 무당파를 적으로 돌리는 일 따위는 얼마든지 할 수 있습니다. 그럼 북련이 가만히 있지 않을 텐데, 두렵지 않느냐고요? 절대로요!"

그는 새삼 고개를 저으며 말했다.

"전혀 두렵지 않습니다. 북련이 오히려 제가 두려워서 눈치를 볼 걸요, 아마? 혹시나 제가 강 건너 남맹에 손을 내밀까 봐서요."

그는 보란 듯이 두 팔을 벌려 보였다.

"보시다시피 이 정도면 북련이건 남맹이건 탐이 나서 군침을 흘릴 정도는 되지 않겠습니까?"

"음!"

적현자가 흔들리는 눈초리로 침음을 흘렸다.

약간은 놀라고, 어느 정도는 두려워하는 감정이 그의 기색에서 엿보였다.

설무백의 말이 조금도 틀리지 않다는 것을 익히 잘 알고 있기 때문일 것이다.

설무백은 그런 그를 향해 힘주어 다시 말했다.

"제가 참는 이유는 오직 하나입니다. 바로 지금 제 눈앞에 계신 검노를 곁에 두고 싶어서예요. 검노께서도 익히 잘 아는 그들을 상대하려면 이런 저도 힘이 달리거든요."

"음!"

적현자가 새삼 묵직한 침음을 흘렸다.

그러고는 그의 말을 완전히 수긍한 듯 슬며시 옆으로 물어나서 사사무를 끌고 가려는 천타의 길을 열어 주었다.

천타가 묵묵히 사사무를 끌고 밖으로 나갔다.

적현자가 그 모습을 지켜보며 연신 한숨을 내쉬었다.

설무백은 그런 그를 이글거리는 시선으로 직시하며 매섭게 다시 말했다.

"하나, 제가 본디 싫은 걸 강요하는 것도 좋아하지 않고, 아니다 싶으면 지지부진하는 것보다는 그냥 쉽게 포기하는 성격입니다. 그러니 매사에 솔직히만 말하세요. 비록 종복이라도 언제든지 열외시킬 수 있습니다."

적현자가 어이없다는 표정으로 그를 바라보았다.

"지금 그걸 설마 자랑이라고 하는 거냐?"

설무백은 대수롭지 않게 대답했다.

"그저 솔직하게 말하는 겁니다. 그러니 제게도 솔직하시라고 말입니다."

적현자가 코웃음을 치며 꼬집어 말했다.

"너처럼 비밀이 많은 놈에게 그따위 말을 들으니 너무나도 황당해서 화도 나지 않는구나. 참으로 그것도 재주는 재주다."

설무백은 어디까지나 태연하게 대꾸했다.

"저는 숨기는 거 없습니다. 그저 미리 말하지 않는 것이 있을 뿐이지요."

적현자가 더 말해 봤자 입만 아프겠다는 표정으로 돌아섰다. 그리고 방문을 나서다가 잠시 멈춰 서서 망설이다가 불쑥 말했다.

"사사무, 그 녀석. 그리 하찮은 녀석이 아니다. 얼마든지 긴히 쓸 수 있는 녀석이다."

"됐습니다."

설무백은 자못 냉정하게 말을 잘랐다.

"천하에 다시없을 인재도 내 손에 들어오지 않으면 아무짝에도 쓸모가 없는 겁니다. 그 친구가 뛰어나 보이긴 해도 애써 공을 들여야 할 정도로 탐나는 것도 아니고요."

적현자가 돌아보지도 않고 그대로 문가에 서서 망설이고 또 망설이다가 말했다.

"너라면 아주 쉽게 그 녀석을 부릴 수 있는 방법이 있다."

설무백은 관심이 갔다.

"뭡니까, 그게?"

적현자가 말했다.

"완벽하게 꺾으면 된다. 네가 녀석보다 강하다는 것을, 녀석에게 무슨 짓을 해도 너를 이길 수 없다는 것을 각인시키면 녀석은 너를 따를 거다."

그는 발길을 옮기며 가볍게 부연했다.

"녀석이 무당의 제자가 된 것도, 그런 무당의 뜻을 저버리고 내 곁에 남은 것도 다 그 때문이다. 그저 아주 단순한 야수거든, 그 녀석은."

다음 권으로 이어집니다

ROK MEDIA
로크미디어
맹물사탕 현대 판타지 장편소설
다시 사는 재벌가 망나니
1994년으로 돌아간 재벌가의 사냥개
슈퍼 국민학생 되다!
억울하게 재벌가 망나니와 함께 죽었는데
눈떠 보니 30년 전 초딩, 아니 국딩?
심지어 내가 아닌 그 망나니 놈의 몸!
정신없는 재벌가의 밥상머리 경제학과 함께
시나브로 회복하는 망나니 시절의 평판
과거 지식으로 연예계, IT 안 가리는 사업 성공까지
"그나저나…… 30년 뒤 이 몸을 죽이라고 사주한 건 누구지?"
재벌가 도련님으로 시작하는 두 번째 인생
엄친아를 뛰어넘는 국딩 CEO 라이프!

꿈의 도약, 로크에서 하십시오
(주)로크미디어에서 신인 작가를 모십니다

즐거운 세상, 로크미디어는 꿈을 사랑하고 도전을 두려워하지 않는 작가 분들의 참신한 작품을 기다리고 있습니다. 21세기 장르 문학계를 이끌어 갈 차세대 선두 주자 (주)로크미디어에서 여러분의 나래를 활짝 펴 보시길 바랍니다.

모집 분야 판타지와 무협을 포함한 장르 문학
모집 대상 아마추어 작가, 인터넷 작가
모집 기한 수시 모집
작품 접수 시 유의 사항
1. 파일명은 작가명_작품명.hwp형식을 갖춰 주십시오.
1. 파일에 들어갈 내용은 다음과 같습니다.
   - 성명(필명인 경우 실명을 밝혀 주세요), 연락처, 이메일 주소
   - 제목, 기획 의도
   - A4용지 1장 분량의 등장인물 소개
   - A4용지 2장 분량의 전체 줄거리
   - 본문
1. 작품이 인터넷에 연재되고 있다면, 게시판명과 사이트의 구체적이고 정확한 주소를 기재해 주십시오.

선택된 작품은 정식 계약 후 출판물로 간행되어 전국 서점에 유통됩니다.
작가 분은 (주)로크미디어의 전폭적인 지원하에 전속 작가로 활동하게 됩니다.
※ 자세한 내용은 로크미디어 홈페이지(rokmedia.com)를 참조하세요.

(03920)서울시 마포구 성암로 330 DMC첨단산업센터 3층 318호
(주)로크미디어 편집부 신간 기획 담당자 앞
전화 : 02) 3273-5135
www.rokmedia.com   이메일 : rokmedia@empas.com